UN CŒUR D'ARTICHAUT

Liste alphabétique complète des

Romans d'Exbrayat

(Masque et Club des Masques)

	Masque	Club des masques
Aimez-vous la pizza?	700	55
Amour et sparadrap	680	21
Les amours auvergnates	1001	506
Les amoureux de Léningrad	1061	157
Au " Trois Cassoulets "	1154	229
Avanti la musica	715	43
La balade de Jenny Plumpett	1481	
Barthélemy et sa colère	854	354
La belle Véronaise	1210	268
Les blondes et papa	727	126
Bye, bye, chérie	1330	
Caroline sur son banc	1556	
Ce mort que nul n'aimait	625	133
Ces sacrées Florentines	1046	147
C'est pas Dieu possible	1308	544
Cet imbécile de Ludovic	674	85
Chant funèbre pour un gitan	1012	145
Le château des amours mortes	1608	
Chewing-gum et spaghetti	665	12
Chianti et Coca Cola	897	33
Le clan Morembert	1098	520
Le colonel est retourné chez lui	875	170
Les dames du Creusot	904	398
Le dernier des salauds	958	454
Des amours compliquées	1457	
Des demoiselles imprudentes	721	369
Des filles si tranquilles	1123	529
Deux enfants tristes	1423	555
Dors tranquille, Katherine	762	286
Les douceurs provinciales	1744	51
Elle avait trop de mémoire	583	27
En souvenir d'Alice	1469	
Encore vous, Imogène?	753	118
Espion où es-tu? M'entends-tu?	1761	98
Et qu'ça saute!	1751	106
Félicité de la Croix-Rousse	1033	215
Les fiançailles d'Imogène	1176	197
Les filles de Folignazzaro	797	360
Fini de rire, fillette	1512	
La haine est ma compagne	1634	
L'honneur de Barberine	1741	
La honte de la famille	831	478

	Masque	Club des masques
Il faut chanter, Isabelle	992	498
Imogène est de retour	706	110
Imogène et la veuve blanche	1406	
Imogène, vous êtes impossible	801	140
L'inspecteur mourra seul	638	19
J'aimais bien Rowena	1345	
Joyeux Noël, Tony	1768	63
Ma belle Irlandaise	1719	
Mandolines et barbouzes		80
Marie de nos vingt ans	1380	
Méfie-toi, Gone!	741	67
Les menteuses	1141	223
Les messieurs de Delft	839	312
Mets tes pantoufles, Romeo	1713	
Mortimer, comment osez-vous?	969	294
Ne vous fâchez pas, Imogène	647	75
Le nez dans la luzerne	1597	
Notre Imogène	1070	165
La nuit de Santa Cruz	592	378
Olé! toréro	788	303
On se reverra, petite	824	47
Le petit fantôme de Canterbury	1392	
La petite fille à la fenêtre	1188	239
Plaies et bosses	919	59
Le plus beau des Bersagliers	779	88
La plus jolie des garces	1728	
Porridge et polenta	1291	345
Pour Belinda	975	393
Pour ses beaux yeux	1167	542
Pourquoi tuer le pépé?	1220	256
Le quadrille de Bologne		102
Quand Mario reviendra	1240	318
Quel gâchis, inspecteur	814	39
Qui veut affoler Martine?	1278	336
Le quintette de Bergame	978	181
Le sage de Sauvenat	1667	
Sainte Crapule	1256	327
Le temps se gâte à Zakopane		92
Ton amour et ma jeunesse	1227	247
Tout le monde l'aimait	1086	205
Trahisons en tout genre	1566	
Tu n'aurais pas dû, Marguerite	1430	
Un bien bel homme	1116	277
Un cœur d'artichaut	1536	487
Un garçon sans malice	1782	
Un joli petit coin pour mourir	1020	190
Une brune aux yeux bleus	935	71
Une petite morte de rien du tout	893	414
Une ravissante idiote		114
Une vieille tendresse	1645	
Vous auriez pas vu la Jeanne, des fois?	1755	
Vous manquez de tenue, Archibald	872	384
Vous souvenez-vous de Paco?	616	5
Le voyage inutile	925	441

EXBRAYAT

UN CŒUR D'ARTICHAUT

LIBRAIRIE DES CHAMPS-ÉLYSÉES

CHAPITRE PREMIER

1

Fernando Nola – don Fernandino pour ses amis – ne voyait absolument pas pourquoi sa mère l'aurait mis au monde pour travailler. Non pas qu'il méprisât ceux qui travaillaient, mais il jugeait décent de ne pas s'immiscer dans un univers où il se serait senti étranger. Don Fernandino estimait, en toute bonne foi, que lorsqu'on a la chance d'être né à Gênes, d'avoir trente ans en 1892, il faudrait être un esprit bien pervers pour songer à autre chose qu'à flâner sur le port, musarder au soleil et rendre grâce à Dieu dans la plus parfaite de Ses réussites : la femme. Don Fernandino adorait les femmes et elles le lui rendaient au centuple. Déjà, à l'école maternelle, les gamines se battaient pour lui offrir leur goûter. A la maison, sa mère et ses deux sœurs l'entouraient de soins attentifs à la grande fureur de son père, complètement négligé par les siens. Durant son adolescence, le jeune Nola ressembla à un coquelet au milieu de poules veillant à satisfaire ses moindres caprices. Il n'avait pas atteint sa vingtième année qu'à l'encontre de ses camarades parcourant les rues de Gênes en draguant, don Fernandino n'avait qu'à se montrer pour qu'elles accourent toutes. Avec de pareils dons, notre héros aurait pu très mal tourné et devenir un de ces ignobles individus contraignant leurs malheureuses compagnes à se livrer au premier venu pour des sommes variant suivant le quartier de leurs tristes ébats. Don Fernandino aimait trop les femmes pour s'adonner à de pareilles turpitudes. Il les respectait trop pour vouloir les avilir. Il préférait, le plus honnêtement du monde, se faire entretenir par elles. La catégorie de personnes à laquelle il s'adressait excluait l'hypothèse qu'elles pussent se procurer l'argent qu'elles lui donnaient, par des moyens que la morale réprouve. Sans doute, ces dames n'étaient-elles plus de la première fraîcheur, mais à l'inverse des articulations, le cœur ne vieillit pas et don Fernandino avait assez de poésie en son cœur, pour retrouver dans les yeux fripés se levant vers lui le frais regard qui, jadis, les avait habités.

Tant que sa mère vécut, tant que ses sœurs demeurèrent à la maison — en dépit des colères du père — don Fernandino n'eut pas à se soucier de gagner sa vie, sa maman ainsi que Maria et Silvana s'en chargèrent pour lui. Son père — don Luciano — ne l'entendait pas de cette oreille. Pendant vingt ans, il se battit contre le front des coalisés : son épouse, ses filles, son fils. Il se ruait dans des prophéties accablantes touchant l'avenir de son rejeton et menaçait les femmes de la maison de l'avalanche de remords qui les guettait au détour du futur et les écraserait. Hélas! don Luciano — notaire de son état — n'était pas de taille à gagner de grandes batailles. Il mit vingt ans à le comprendre et, quand il l'eut compris, il se laissa mourir de rage et de désespoir.

Contrairement à ce que l'on pourrait penser, la mort du notaire et le partage de sa belle fortune n'assura pas le bonheur de ses vainqueurs. Maria et Silvana, fort bellement dotées, ne tardèrent pas à trouver des maris. Fernando et sa mère n'eurent besoin que de quelques années pour dilapider leurs parts. En personne parfaitement éduquée, la signora Nola mourut sitôt qu'elle se sut ruinée et son fils resta seul, sans un sou. Il ne pouvait plus compter sur ses sœurs, sur personne d'ailleurs car autant il plaisait aux femmes autant il était antipathique aux hommes qui ne lui pardonnaient pas ses succès féminins et ils les lui pardonnaient d'autant moins qu'ils ne voyaient pas ce qui pouvait les justifier.

Il est vrai que Fernando avait tout du séducteur classique. Assez grand, l'air distingué, bien bâti, il avait des cheveux blonds, naturellement ondulés. Ses traits un peu mou l'apparentaient davantage à ses victimes qu'au mâle triomphant. Son charme tenait surtout du fait qu'il semblait avoir toujours besoin de protection. Une sorte d'instinct maternel qui portait d'abord les femmes vers lui. Après, il se débrouillait. Et puis, il possédait une voix dont les inflexions se révélaient autant de caresses délicieuses et perverses.

***

Sitôt qu'il se retrouva seul dans la vie et réduit à ses propres ressources pour subvenir à ses besoins, Fernando commença par vendre tout ce dont la loi ou des accords tacites le rendaient propriétaire puis, muni de son pécule, il se chercha un logis. Esprit délicat, porté spontanément à aimer le beau, adorant cette ville de Gênes où il était né et qu'il considérait comme son bien, il réussit à s'abriter dans une très vieille demeure de la piazza Erbe, proche du port, où une dame fort âgée et de grande allure, accepta de lui louer deux pièces d'un confort approximatif. Ce qui charmait l'impétueux Nola, c'est qu'il s'installait au cœur du vieux Gênes et que son existence serait rythmée par les cloches de la cathédrale San Lorenzo, sa voisine. Naturellement, pour ne pas inquiéter sa propriétaire, Fernando se déclara voyageur de commerce, employé dans une maison de dentelles et broderies de la via Garibaldi, la maison Alberto Trivento et frères.

***

L'histoire a souvent d'étranges malices, par exemple faire naître au même endroit et presqu'au même moment, des hommes qui, incapables de se comprendre, ne peuvent que se haïr. Tandis que don Fernandino passait ses jeunes années à folâtrer, Benito Piediluco, son aîné de sept ans, goûtait l'amertume de temps difficiles parce que privés d'affection et de ressources. Orphelin de bonne heure, sans frère ni sœur, Benito vécut une partie de sa jeunesse dans une de ces casernes délabrées que le 19e siècle finissant réservait aux plus malheureux de ses fils et à laquelle il n'échappa que par le travail. Pas particulièrement intelligent, il comblait par un labeur acharné un handicap que le temps amoindrissait. Son désir d'entrer dans la police ne relevait pas d'une vocation particulière, mais simplement des révélations qui lui avaient été faites au sujet de ses parents, par une lointaine cousine, vers sa quinzième année. Ayant appris que son père et sa mère n'avaient pu survivre à la perte de leurs économies volées par un de ces lamentables escrocs qui font des pauvres gens, leur gibier de choix, Benito jura de venger les siens et pour cela, il ne voyait pas d'autres moyens que d'entrer dans la police. Aussi, le commissaire Piediluco était-il bien connu à Gênes par sa rage à poursuivre les escrocs plus encore que les voleurs ou les assassins.

Vers la trentaine, sa situation acquise, Benito souhaita connaître le bonheur le plus simple et le plus vrai : rencontrer une femme qui accepterait de partager sa vie et de fonder un foyer. Cette femme, le policier crut la découvrir en la personne d'une ravissante brunette, vendeuse aux Galeries Torenini dans la via Assarotti. Elle s'appelait Adelina Percotti et, malgré ses vingt-sept ans, ressemblait à une toute jeune fille. Dès qu'il l'avait aperçue dans le magasin où il allait acheter des fixe-chaussettes, Benito avait senti son cœur battre la chamade. Oubliant sa nature méfiante, sa prudence légendaire, il examina les mains de celle qu'il appelait déjà en lui-même sa princesse et éprouva une joie rassurante en constatant qu'elle ne portait pas d'alliance. Il revint trois, quatre fois de suite, toujours pour acheter des fixe-chaussettes. Adelina qui, bien entendu, avait compris le manège, s'en amusait. Un jour, elle lui lança :

– Vous en usez beaucoup ou alors, vous en faites collection?

Pris de court, Piediluco bafouilla au sujet du choix des nuances de ses achats. La petite l'interrompit en riant :

– Vous ne pensez pas qu'il serait plus simple de me confier carrément ce que vous avez envie de me dire?

– Vous... vous me le permettez... vraiment?

– Oui, mais pas ici... le chef m'a à l'œil... Je sors à sept heures...

– Je vous attendrai au Sumarone dans la via Battistine si vous voulez me faire l'honneur de dîner en ma compagnie.

Elle parut hésiter.

– Dîner avec quelqu'un que je ne connais pas... Je ne voudrais pas que vous vous trompiez sur mon compte, signore.

– Oh! signorina, comment pouvez-vous penser que...

– Attention! voilà le chef!... entendu, à ce soir, j'espère que vous arriverez le premier.

Adelina s'intéressa brusquement à ses boîtes. Gianfranco Micheli un Sicilien au nez et à la moustache agressifs – chef de rayon, – s'enquit plein le fiel :

– Pourquoi êtes-vous ici, signorina Percotti?

– Pour travailler, signor Micheli.

– Je suis heureux de vous l'entendre dire! Pour travailler en effet, signorina Percotti et non pour vous faire faire la cour par des bons à rien qui traînent à longueur de journée dans notre magasin dans l'espoir de rencontrer des filles de votre sorte!

– Oh! signor Micheli...

Adelina, selon une technique à la valeur éprouvée par un usage remontant au Paradis Terrestre, éclata en sanglots. C'était plus que le commissaire, éloigné de quelques pas, pouvait en supporter. Sous le regard admiratif et effrayé de la jeune fille et de ses collègues des rayons voisins, il attrapa un Micheli éberlué, le souleva de terre pour lui rugir dans le nez :

– Vous osez insulter ma fiancée? et si je vous traînais en prison, espèce de minable?

La stupeur figeait tout le monde sur place et, bien que le chef de rayon fut haï, nulle n'osait se réjouir ouvertement de ce qu'il lui arrivait. Quant au signor Micheli, l'événement dépassait de trop loin son entendement pour qu'il put tenter de comprendre quoi que ce soit à ce qu'il se passait. Des clients, passionnés, s'attroupèrent au point que la direction prévenue délégua le chef du personnel qui voulut d'abord le prendre de haut et parla d'appeler la police, ce à quoi Piediluco répliqua qu'il n'aurait pas à se déranger puisque la police était là en sa personne. Troublé, inquiet, le nouveau venu s'enquit :

– Ma qué! qui êtes-vous donc, signor?

Benito reposa à terre son adversaire et tendit sa carte à celui qui l'interrogeait. Dès qu'il l'eut parcourue du regard, le chef du personnel pria le policier de le suivre dans son bureau et intima le même ordre au malheureux Micheli.

Dans le bureau, convié à exposer la suite des événements, Piediluco parla avec une si sincère mauvaise foi que son hôte du moment put se demander s'il n'avait pas à son service un sadique doublé d'un individu amoral, torturant les filles placées sous ses ordres dans un but qu'on n'osait à peine soupçonner. Benito conclut qu'il se voyait contraint de signaler la chose à la section des mœurs de la police génoise, ce qui risquait d'amener des ennuis aux Galeries Torenini. Aussitôt, le chef du personnel se confondit en excuses, adjura le signor inspecteur de ne pas donner de suite à cette fâcheuse affaire, qu'il s'engageait solennellement à ce que pareil fait ne puisse se reproduire. Benito se laissa convaincre, s'entendit affirmer qu'il avait l'âme noble et sortit, accompagné par le chef du personnel, cassé en courbettes déférentes. Lorsque ce dernier revint dans son bureau, il commença par dire :

– Merci, Micheli!

– Signor directeur, je...

– Taisez-vous!

– Je ne pouvais pas prévoir qu'elle était sa fiancée!

– Parce qu'elle l'est... Oh! Santa Madonna! Sa fiancée! C'est le comble! Vous nous avez déshonorés, Micheli! Vous entendez? déshonorés! Allez immédiatement présenter vos excuses à la signorina Percotti.

– Des excuses!

– Annoncez-lui une augmentation de 25 livres par mois.

– Ma qué! Après une pareille défaite, une telle humiliation je ne pourrai plus la commander!

– Rassurez-vous, vous ne la commanderez plus. Vous êtes muté à la quincaillerie.

– A la quincaillerie!

– A la quincaillerie.

– J'ai mis douze ans, signor directeur, à atteindre le rez-de-chaussée...

– Cela démontre que nous avons été trop pressés. Rejoignez tout de suite Finocchi, c'est lui qui vous remplace. Je le préviens. Adieu, Micheli.

Gianfranco Micheli sortit la tête basse. Les employés près desquels il passait, le suivaient des yeux. Emus, ils le virent s'approcher de l'escalier menant au sous-sol, s'arrêter, promener un regard désespéré autour de lui puis, s'engager dans la descente. On eut dit d'un commandant de navire qui, debout à son poste, s'engloutit avec son bateau. Ses jambes disparurent, ensuite ses hanches, son torse. Un instant, sa tête parut surnager avant de s'enfoncer définitivement. Tous, alors, surent que le signor Micheli venait de couler et qu'on n'entendrait plus jamais parler de lui.

*
**

A six heures et demie, Piediluco était déjà au Sumarone, à une excellente table mais discrète. Il mit beaucoup de temps, en compagnie du maître d'hôtel, à établir le menu qu'il souhaitait essentiellement gênois en hommage à sa ville et à Adelina. Après avoir longtemps hésité il se décida pour des raviolis maigres au bouillon, une poitrine de veau roulée à la gênoise et des pêches fourrées, le tout arrosé d'abord d'un flacon des Cinque Terre sec, réservant le Sciachettra doux pour le dessert.

A sept heures et quart, Adelina apparut fraîche et pimpante. A l'amusement du personnel, elle sauta au cou de Benito, enchanté et gêné.

– Ah! vous êtes un type, vous! Ce garde-chiourme de Micheli est redescendu au sous-sol et on m'a augmentée de 25 livres!

– J'en suis heureux. J'espère que vous avez faim?

– Et comment!

Emerveillé, Piediluco regardait manger sa bien-aimée. Il jugea qu'elle absorbait ses raviolis avec la grâce d'une reine, qu'elle avalait la poitrine de veau avec une élégance naturelle et qu'elle dégustait ses pêches à la façon d'un papillon butinant une fleur. Quand elle buvait, sa gorge ressemblait à celle d'un faon. Benito était assez amoureux pour se montrer stupide. Quand elle fut rassasiée, Adelina conclut :

– Qu'est-ce que je me suis mis!

– J'en suis heureux.

Elle le regarda à travers la barrière de ses cils qu'elle avait longs et fournis.

– Comment vous appelez-vous?

– Piediluco Benito, et vous?

– Adelina Percotti... Qu'est-ce que vous faites dans la vie?

– Policier.

– Ah?

– Cela vous déplaît?

– Mon Dieu... Vous n'êtes pas en uniforme?

– Je suis inspecteur de police.

– Oh! un important, hé?

– Si on veut.

La jeune Adelina ne possédait pas une once de culture, mais un esprit rusé. Elle comprenait que sa chance l'avait fait rencontrer l'homme qui pourrait, peut-être, devenir un mari et lui assurer une existence bourgeoise, son rêve.

– Vous savez, signore, que vous m'avez placée dans une situation délicate?

– Que me racontez-vous là?
– Vous êtes intervenu dans ma querelle avec Micheli en déclarant que j'étais votre fiancée.
– Et alors?
– Ma qué! ce n'est pas vrai!
– Il ne tient qu'à vous, chère Adelina, que ce le soit.
Et c'est ainsi qu'un soir d'automne, au Sumarone, Adelina et Benito engagèrent leur foi.
Le couple s'installa dans la via San Vincenzo où pendant trois ans, ils goûtèrent des jours heureux. N'ayant pas d'enfant, plus de parents, ils n'avaient qu'à penser à eux-mêmes. Tout se gâta au moment où Ascanio Serretto, le charcutier de la très proche via Foscoro et fournisseur des Piediluco eut la bien malencontreuse idée d'engager un jeune colosse au poil noir, frais débarqué de sa Calabre natale, Gianni Casotti. Aussitôt, les clientes de Serretto rêvèrent d'être manipulées par les mains énormes de Gianni et les plus pieuses eurent des songes coupables qui les réveillaient brusquement au milieu de la nuit, en sueur et dépitées. Adelina comptait parmi ces bourgeoises pour qui le charcutier devenait un aphrodisiaque. Au bout de six mois, la signora Piediluco sut que c'était elle que Gianni préférait et Gianni devina qu'Adelina ne repousserait pas ses avances s'il osait lui en faire. Il se décida à la mettre au courant de la flamme qui brûlait en lui, un matin où il désossait, pour elle, une échine de porc. Ce fut un aveu murmuré plutôt que dit, dans le vacarme d'un magasin fier de sa clientèle. Le signor Serretto clamait – à l'intention de son épouse trônant à la caisse – le prix que devait lui régler l'acheteur, et sa femme, de sa voix aigrelette, lui faisait écho pour confirmation. Bouleversée par l'aveu de Gianni, hypnotisée par les grandes mains tripotant l'échine, elle imaginait que ces doigts puissants pétrissaient ses propres reins. Jusque-là, Adelina n'avait jamais envisagé de tromper Benito. Cette fois, la tentation était trop forte et une semaine plus tard, pendant qu'il lui empaquetait du boudin, elle se pencha vers lui et chuchota :
– Moi aussi, je t'aime, Gianni.

A partir de cette minute, le drame qui allait démolir l'existence de Piediluco, était enclenché. Adelina devint la maîtresse de Casotti. Ce furent des amours passionnées, tumultueuses et vint le moment où les deux amants ne pouvant plus se passer l'un de l'autre, décidèrent de partir ensemble.

Un mardi – jour de la choucroute où l'activité redoublait dans la charcuterie Serretto – Gianni ne se présenta pas au magasin. On envoya un commis voir dans la chambre que le coupable occupait sous les combles d'une maison bourgeoise de la via Archimede. Le gamin revint dire que Casotti était parti après avoir donné son congé. Serretto entra dans une telle colère qu'il vacilla au bord de l'apoplexie pendant quelques instants et puis le drame s'apaisa, parce que la charcuterie de la via San Vincenzo pouvait se passer d'un Gianni.

Le chose fut moins facile pour l'inspecteur Piediluco. Le soir, s'étant arrêté en chemin pour acheter des gâteaux dont Adelina était friande, l'inspecteur gagna sa demeure d'un pas léger. Il se sentait parfaitement heureux. Sa carrière s'annonçait prometteuse, il adorait sa femme qui le chérissait. Que pouvait-il exiger de plus?

Ne pas trouver son épouse en train de préparer le dîner assombrit sa bonne humeur. A la cuisine, il se rendit compte que rien n'était prévu pour le repas. Il commença à s'inquiéter. Il entra dans la chambre à coucher et, tout de suite, il vit la lettre. L'enveloppe était placée, droite, contre la lampe posée sur la table de chevet. Pressentant un malheur imprévu, le policier s'assit sur le lit, donna la lumière et prit la lettre. D'abord, il ne comprit pas et il dut relire une seconde, une troisième fois.

« Mon pauvre Benito,

Tu vas m'en vouloir et ça me fait de la peine seulement d'y penser. Note que je t'aime bien, mais j'aime encore mieux Gianni Casotti, le garçon de chez Serretto. Je pars avec lui pour ne pas être malheureuse. Essaie de ne pas être trop fâché et tâche d'en trouver une qui aura moins de tempérament. Je t'embrasse. Adelina »

Sur le moment, Benito demeura immobile, assommé. Son univers entier s'écroulait. Comment avait-elle pu lui infliger une blessure pareille? Il s'était pourtant efforcé de faire d'Adelina une bourgeoise. Il croyait y être parvenu et voilà qu'elle filait avec un charcutier! Après le chagrin, la colère. Il voulut lancer un avis de recherche pour qu'on arrêtât ce voleur de Casotti et qu'on ramenât la volage au domicile conjugal entre deux gendarmes. Puis, il fut envahi par une grande lassitude. A quoi bon se battre, se donner en spectacle pour récupérer une créature dévoyée et pour laquelle, il n'éprouverait plus jamais ce qu'il avait éprouvé.

Naturellement, la triste aventure de l'inspecteur fit sourire, mais Benito subit sa disgrâce avec une dignité qui, finalement, inspira le respect et bientôt on ne parla plus de la fugitive dont on ne sut jamais rien. Mais à compter du jour du départ d'Adelina, Piediluco fit preuve d'une misogynie farouche qui se trahissait par un mépris non exempt de pitié envers la gent féminine. Il tenait les femmes pour stupides. S'il n'en était pas ainsi, comment pourrait-on expliquer qu'Adelina lui ait préféré un être vulgaire qui sentait le porc fraîchement tué? Parallèlement à cette attitude à l'égard du sexe faible, Benito témoigna d'une haine féroce, irrépressible envers ces hommes qui vivent de la sottise des femmes sans se soucier de détruire d'honnête foyers. Depuis son malheur, il s'employait à les traquer et à les faire mettre hors d'état de nuire. C'est ainsi que sa route avait croisé celle de Fernando Nola, mais sans plus. Doué d'une extraordinaire mémoire, Piediluco avait rangé don Fenandino dans un coin de ses souvenirs où il saurait le chercher s'il en avait besoin.

***

En ces premiers jours de printemps de 1892, la situation matérielle de Nola n'était pas des plus brillantes.

Très soucieux de sa tenue (essentielle pour tout séducteur professionnel), Fernando devait économiser sur ses repas pour entretenir sa garde-robe. Depuis longtemps, notre homme n'avait pas rencontré une âme assez sensible pour subvenir à ses besoins. Il éprouvait une profonde amertume en songeant à sa dernière aventure. Une veuve frisant la soixantaine (elle ne le croyait pas) qui avait horreur de la solitude sentimentale. Fernando, jouissant d'un flair remarquable, avait immédiatement compris les problèmes de la dame rencontrée à Gênes dans la villa Paradiso. La soixantaine... évidemment, l'épreuve promettait d'être pénible, mais quand on a faim... Les choses allèrent bon train pour les intérêts immédiats de Nola et le jour de ce rendez-vous (dont il attendait tant) au bar Cremona, il crut tout de bon échapper aux soucis pécuniaires pour un joli bout de temps. L'affaire échoua par la faute de cet idiot de Silio. Un coup à se brouiller à mort avec lui, en dépit d'une amitié de vingt ans. Fernando jurait à la veuve que Dieu lui avait réservé une fameuse chance en lui permettant de le rencontrer car jamais, sans l'aide divine, elle n'eut pu connaître un garçon l'aimant comme il l'aimait, noble de cœur, assez riche pour être désintéressé. La veuve, ravie d'apprendre qu'en dépit de son âge, on pouvait encore l'aimer pour elle-même, se laissait bercer par l'enivrante musique des paroles de don Fernandino, lorsque cette brute de Silio sauta à pieds joints dans cette idylle et la fit voler en éclat.

Fernando était au sommet d'une émouvante tirade qui devait emporter les ultimes défenses de la veuve quand Silio arriva en courant.

– Ça y est! j'ai réussi à convaincre ta proprio! Elle ne te fiche pas dehors, elle te donne encore un mois pour la payer. Tu es content, hé?

La veuve était devenue pourpre. Elle se leva, toisa son pseudo-amoureux et laissa tomber d'une voix dégoûtée :

– Ma qué! un joli saligaud, hé?

Elle s'éloigna, majestueuse, tandis que Nola, mâchoires serrées et paupières closes, en une prière ardente et silencieuse, suppliait l'Eternel de lui donner la force de se maîtriser et de ne pas étrangler Silio sur l'heure.

Silio Ossidi n'était pas méchant, il se contentait d'être sot. Fernando et lui se connaissaient depuis les bancs de l'école religieuse où sœur Reparate d'abord, le padre Manulio ensuite, s'étaient efforcés, à grands renforts de taloche et de coups de règle, de leur enseigner le rudiment. En vain. Entre leur douzième et leur vingtième année, la vie les avait séparés. Fernando avait mené une existence d'enfant gâté alors que Silio devenait un habile voleur à la tire. A leur majorité, ils se retrouvèrent dans la rue. Ossidi, depuis toujours, admirait son camarade et ce dernier, féru de la comédie italienne du XVIIIe siècle, en fit son valet confident. Lorsque Nola était « placé », Silio en profitait largement. Dans les périodes de vaches maigres, Ossidi retournait à son vilain métier pour nourrir l'équipe et en habiller le chef.

***

Fernando Nola était, maintenant, bien connu de la police, mais il n'était pas fiché, n'ayant jamais été arrêté, ses consentantes victimes – occupant généralement des positions sociales connues – ne portaient pas plainte pour éviter le scandale. La fuite de leurs illusions leur étant un châtiment suffisant auprès duquel la perte de quelques milliers de lires n'avait vraiment aucune importance.

Sans l'avoir vu dans son bureau, le commissaire Piediluco haïssait Nola qu'il assimilait au misérable lui ayant volé sa femme. Il avait réussi à se procurer sa photo et l'avait collée dans un petit carnet qui ne le quittait pas. A côté de Fernando, se trouvaient les visages d'Antonio Lucera qui avait égorgé un invalide pour lui voler cinquante livres, d'Ascanio Trivento qui avait dépouillé de leurs économies deux vieillards et Sandrino Perano qui escroqua toute une paroisse en se faisant passer pour le nouveau prêtre de celle-ci. Benito voulait avoir la peau de ces fripouilles et, tous les matins, avant de se rendre au commissariat, il feuilletait les pages de son calepin pour renforcer sa résolution.

Or, cette année 1892, Piediluco au terme d'un travail acharné et d'une enquête qui avait épuisé tout le monde, connut la joie d'arrêter Antonio Lucera qu'il avait envoyé devant les juges au criminel qui n'avaient pas tardé à le mettre aux mains du bourreau. Pour récompenser le commissaire de son zèle et lui permettre de se reposer, on lui accorda une semaine de vacances qu'il alla passer à Rapallo, au Giovanni Palace.

Le soir de son arrivée, installé dans la salle à manger, Benito regardait les convives qu'il jugea tous médiocres sauf, peut-être, une femme – apparemment d'une cinquantaine d'années – blonde, aux formes amples, mais fermes et qui montrait un visage où la distinction s'alliait à une infinie tristesse. L'empressement du personnel auprès de la signora disait assez qu'il s'agissait de quelqu'un d'important.

Piediluco méprisait trop les femmes pour s'intéresser à n'importe laquelle d'entre elles sous l'angle sentimental. Il les étudiait comme un entomologiste, les insectes. Curieux de leurs mœurs, passionné par leurs réactions, elles représentaient pour lui de jolis animaux aux caprices imprévisibles. La femme mélancolique l'intriguait. Il résolut de l'interroger. Le hasard le lui permit, trois jours après son arrivée. Le temps était maussade et les hôtes du Giovanni Palace, peu préparés aux bouderies célestes, tournaient dans le hall de l'hôtel pareils à des âmes en peine. L'inconnu prenait le thé près d'une baie d'où la mer s'offrait, magnifique. La plupart des tables étant occupées, Piediluco sauta sur l'occasion. S'inclinant devant celle qu'il souhaitait comprendre, il lui demanda la permission de prendre place en face d'elle. Elle accepta dans un sourire indifférent. Ayant bu une tasse de thé, le commissaire annonça :

– Permettez-moi, signora, de me présenter : Benito Piediluco. Je viens de Gênes.

— Je suis Tosca Agnone. J'habite Rome.

— Vous avez de la chance d'habiter Rome. Il me semble que c'est une ville où l'on ne peut pas ne pas être heureux.

La signora Agnona haussa délicatement les épaules.

— Le bonheur... il dépend de tant de circonstances... de tant de gens... Je pense que, comme pour tout, il y a un temps pour le bonheur et lorsque ce temps est passé, il l'est irrémédiablement.

— Allons donc! Rien n'est jamais écrit dans le ciel et, la maladie mise à part, il ne dépend que de nous d'être heureux ou malheureux, à condition, bien entendu, de savoir se contenter de ce que la vie nous offre et de ne pas dramatiser les malheurs qui nous blessent.

— J'admire votre philosophie. Vous êtes marié?

— Je l'ai été.

— Et vous avez connu le bonheur?

— Sans aucun doute.

— Alors, c'est à mon tour de vous confier que vous avez eu de la chance.

Le thé se fit plus amer dans la bouche du commissaire.

— N'étes-vous pas mariée vous-même, signora?

— Je suis veuve et riche. Mon époux possédait plusicurs grands hôtels dans Rome. M'aimait-il? Je l'ignore. Pour moi, j'avais du respect pour lui. Il n'exigeait pas autre chose.

— Ce n'est pas gai.

— Non... Aussi me suis-je retrouvée, la cinquantaine venue, avec un corps fatigué et un cœur encore neuf.

— Prêt à prendre.

— Exact. Je ne sais pas trop pourquoi je vous raconte cela alors que nous ne nous connaissons pas?

— Peut-être parce que vous devinez que je n'ai pas l'intention de vous faire la cour et que, dans ces conditions, je suis le parfait confident.

Il se leva et salua :

— Demain, je prévois de me rendre à Portofino, me feriez-vous l'honneur de m'accompagner?

— Pourquoi pas?

*
**

Le lendemain, le temps était splendide. Piediluco et sa compagne gagnèrent l'église S. Giorgio, s'y reposèrent un moment en contemplant un panorama de toute beauté puis, à travers les oliverais, ils atteignirent la « punta del Capo » d'où ils surplombaient la mer scintillante et bleue. Ils restèrent là un très long moment sans parler. Benito dit :

– J'ai toujours envie de remercier Dieu quand il m'est donné d'admirer d'aussi féériques paysages.

– C'est joli ce que vous avouez là...

– Non, c'est honnête, sans plus.

Ils allèrent déjeuner dans une taverne du port, ce qui parut enchanter la signora Agnona. Ils en étaient au dessert lorsque Benito remarqua :

– Habitant Gênes, il n'est pas surprenant que je vienne me reposer à Rapalio, mais une Romaine!

– Mon séjour est une sorte de pélerinage.

– Ah?

– En souvenir d'une promesse qui n'a pas été tenue... Angelo m'avait assuré que le printemps ici était inoubliable et qu'il se ferait une fête de me le montrer... C'est pourquoi je suis ici, mais sans lui.

– Puis-je me permettre de penser, signora, qu'il ne s'agissait pas de votre mari?

– Au risque de vous scandaliser, signor, Angelo était mon amant.

– Vous ne me scandalisez pas du tout. Veuve, vous étiez libre.

– Il aurait mieux valu, pour mon repos, que je ne le fusse pas.

– Cet Angelo...

– Je l'ai rencontré à l'automne de l'an dernier. A Rome, le mois d'octobre jouit souvent d'une lumière particulière et d'un air tout à la fois chaud et doux. Cet après-midi là, fort désœuvrée depuis la disparition de mon époux, je m'étais réfugiée dans le Jardin du Quisinal. Assise sur un banc, je me laissais aller à une sorte d'engourdissement heureux lorsqu'il s'est assis à côté de moi, après m'en avoir demandé la permission. Je l'aurais, sans doute, prié d'aller chercher une place ailleurs s'il n'avait été aussi beau.

Piediluco chuchota :

– Tant que cela?

– On eut dit de ces jeunes dieux grecs dont les musées nous offrent maints exemples. Grand, élancé, admirablement fait, blond et bouclé... un homme comme je n'en avais jamais vu. Nous échangeâmes des remarques banales jusqu'au moment où il m'avoua que ce n'était pas par hasard qu'il était entré dans ce jardin, mais bien parce qu'il m'avait suivie depuis mon domicile proche de la place d'Espagne. Il ajouta que depuis huit jours, il était incapable de ne rien faire d'autre que de guetter mes sorties pour m'emboîter le pas.

– Je comprends.

– Je n'en suis pas certaine, signor. Voyez-vous, quand une femme de mon âge croit encore à la posssibilité d'un amour, elle perd la tête.

– Et vous l'avez perdue?

– Absolument. Il s'appelait Angelo Triveri. Orphelin, il était sans aucune attache en ce monde. Acteur sans emploi, il était venu de Milan pour tenter de trouver du travail. Il disait admirablement les vers.

– La panoplie complète.

– Pardon?

– Rien, rien, continuez, je vous en prie.

– Je devins sa maîtresse. Un amant merveilleux. Jamais je n'avais été entourée d'autant de soins. J'étais heureuse. J'ignorais qu'on put l'être à ce point. Nous avons passé un hiver de rêve.

– Je vous demande pardon, mais de quoi vivait Angelo?

– Je l'aidais. Il était si démuni et j'avais tellement d'argent...

– Bien sûr.

– C'est à Noël que nous avons formé le projet de passer le printemps ici.

– Quand est-il parti?
– En février.
– Pourquoi?
– Un matin, il m'a annoncé qu'une troupe de comédiens cherchait de l'argent pour monter une pièce de Goldoni et que, le cas échéant, il y tiendrait le principal rôle en tant que bâilleur de fonds. Une chance extraordinaire pour lui de se faire connaître.
– Combien vous a-t-il demandé?
– 13. 000 lires.
– Vous les lui avez données?
– Comment aurais-je pu refuser?
– Et dès qu'il a eu empoché l'argent, il a disparu.
– Oui.
Le signora Tagnone se mit à pleurer doucement.
– Naturellement, vous n'avez pas porté plainte?
– Sur quoi pouvais-je appuyer ma plainte? Cet argent, il ne me l'avait pas volé. Je le lui avais donné. Enfin, je ne voulais pas envoyer en prison un homme qui m'avait aimée... que... que j'aime encore...
Piediluco sortit de la poche intérieure de son veston son fameux carnet tout en disant :
– Grand, mince, blond, cheveux bouclés...
Il mit une photo sous le nez de Tosca :
– Ne serait-ce pas lui, par hasard?
– Oh! si...
– Eh bien! signora, votre éphèbe grec ne s'est jamais appelé Triveri mais Fernando Nola, un individu profitant de son physique pour vivre aux dépens des dames mûres et un peu folles.
– Signor, vous devez me juger sévèrement?
– Ma foi...
– Je vous en prie, dites-moi ce que vous pensez?
– Vous y tenez?
– Absolument.
– Dans ce cas, signora, je vous tiens pour stupide d'avoir cru qu'un garçon jeune et beau pouvait, honnêtement, s'éprendre de vos charmes fatigués.
– Oh!
– Et qu'il faut être d'une rare sottise pour ne pas

s'apercevoir qu'on a affaire à un escroc. Que vous lui ouvriez votre chambre, passe encore, mais votre coffre-fort!

– Goujat!

– J'ajouterai que, par suite de votre honte rétrospective, vous êtes assez lâche pour ne pas porter plainte ce qui permettra à Nola de duper encore d'autres idiotes qui devraient, pourtant, se regarder, de temps à autre, dans la glace!

La signora Tagone suffoquait. Elle se leva :

– Le dernier des voyous, voilà ce que vous êtes!

Elle s'en alla en se heurtant aux chaises. Le patron s'approcha :

– Qu'est-ce qu'elle a?

– Elle m'a prié de lui confier ce que je pensais d'elle.

– Et vous l'avez fait?

– Vous avez vu le résultat.

– Sigonor, vous êtes ou un naïf ou un misogyne?

– La naïveté est peu répandue dans ma profession... Je suis commissaire de police.

***

Piediluco s'attarda à admirer les beautés du soleil couchant sur Portofino. Quand il arriva à l'hôtel, il n'y avait presque plus personne dans la salle à manger. Le policier n'aperçut pas Tosca Agnone. Il s'en étonna auprès du maître d'hôtel qui lui apprit que, moins d'une heure auparavant, ses bagages bouclés, la signora s'était fait conduire à la gare.

De retour dans sa chambre, Benito n'était pas très fier de son attitude. Au fond, elle était charmante, cette romanesque Tosca. Il l'avait inutilement meurtrie. D'autant plus qu'il savait parfaitement que sa dure leçon ne servirait à rien, la signora Agnone resterait toujours dupe de ses illusions. Mais c'était plus fort que lui : sitôt qu'il était question de ces escrocs abusant des femmes bornées, il voyait rouge parce qu'au-delà du drame vécu par chacune de ces têtes de linottes, il repensait à Adelina et à son tueur de cochons. Savoir ce qu'ils étaient devenus tous les deux? Pourquoi n'était-elle pas restée avec lui? Pourtant, elle n'ignorait pas qu'il l'aimait. Mais les femmes sacrifient toujours le solide au clinquant. Qu'Adelina ait pu lui préférer un garçon charcutier l'humiliait au-delà de toute expression.

– 2 –

Grâce à l'argent de Tosca Agnone, Nola eut de quoi vivre confortablement avec Silio, et ses voyages pour la maison Trivento ressemblèrent plus à des parties de plaisir qu'à des tâches obstinément poursuivies. Cela ne l'empêcha pas de réussir quelques jolies affaires, peut-être parce qu'il les traitait avec une certaine désinvolture, ce qui impressionnait le client. Cependant, dès l'été de 1893, Fernando ne possédait plus grand chose de ce que lui avait remis la tendre Romaine et il lui fallut reprendre sa valise de voyageur de commerce. Son étoile le dirigeait sur Turin.

Selon sa technique habituelle. Fernando s'installa dans l'un des meilleurs hôtels de la ville et après s'être renseigné, se rendit tous les jours à dix-sept heures au café Morangani, sur la piazza Castello, rendez-vous de la haute société turinoise, pour y prendre le thé. Pendant près d'une semaine, Nola ne découvrit aucun gibier digne d'intérêt et puis, un après-midi, il aperçut une grande femme brune, belle et froide, à l'air autoritaire. Un garçon lui confia qu'il s'agissait de la signora Campoleto, qui possédait dans Turin, cinq ou six importants garages qu'elle dirigeait elle-même depuis la mort de son mari. Elle passait pour avoir une des plus solides fortunes de la capitale piémontaise. De quoi donner de l'appétit à tous les Nola du monde.

Pour entrer en relation avec la signora Campoletto,

Fernando use d'un truc vieux comme le monde, mais qui bouleverse toujours les dames aux sensibilités d'autrefois. Il guette la sortie de la signora. Il sait où elle a laissé sa voiture et quand elle démarre, il se jette sous les roues. Cris, coups de frein, Lydia, livide, descend de son auto, on la regarde avec hostilité, des gens relèvent sa victime qui, à sa profonde surprise, lui sourit tristement. A l'agent qui l'interroge, Nola explique, avec difficultés, que tout est de sa faute. Visiblement, la foule le regrette. Soulagée, la signora fait monter le malheureux dans sa Fiat et l'emmène chez elle. Elle a l'intention de lui permettre de se reposer avant de le renvoyer avec une indemnité qui l'aidera à oublier ce qu'il lui est arrivé.

Lydia habite une superbe villa dont le jardin se perd dans le parc de San Valentino, orgueil de la cité. La domesticité installe Fernando sur un divan dans le grand salon. On lui a ôté ses chaussures, sa veste son gilet. Lydia constate, avec plaisir, que sa victime porte un linge de qualité. C'est à ce moment qu'elle prend conscience de la beauté de cet inconnu. Elle congédie les femmes de chambre et s'assied près de Nola. A quarante-huit ans, Lydia n'a jamais eu le temps de penser à l'amour. Dès qu'elle a eu épousé Marcello Campoleto, petit garagiste comme il y en a tant, ils se sont mis à la tâche et en vingt-huit ans, ils ont édifié ce royaume qui est le leur et sur lequel elle règne seule, désormais, fière et désenchantée, riche et lasse, avec la conviction, chaque jour plus pénible qu'elle est passé à côté de la vie. Cette conviction, elle la ressent cruellement durant les fins de semaines quand, de ses fenêtres, elle voit les amoureux s'étreindre dans les frondaisons du parc. Ne pensant qu'à gagner de l'argent et encore de l'argent, les Campeloto n'ont pas songé qu'ils vieilliraient un jour et ont refusé de fonder la famille qui les eut distraits de leur but. Au seuil de l'âge mûr, Lydia avance dans une solitude qui, chaque jour un peu plus, l'effraie. Lorsque le garçon, allongé sur le divan, ouvre les yeux, la signora Campoleto, sans qu'elle devine pourquoi, en est bouleversée.

*
**

Durant cet hiver, le commissaire eut la joie d'enlever de son carnet, la photo de Sandrino Perano, le faux prêtre que les carabiniers avaient abattu dans les collines de l'Ombrée où il avait assassiné un paysan pour le voler. Le seul regret de Piediluco tenait à ce qu'il n'avait pas été là au moment de l'hallali.

Quand il arrivait à Benito de trouver trop longues les heures passées en dehors de son bureau, il admettait qu'il aurait peut-être dû chercher une compagne pour remplacer la fugitive, mais outre qu'une liaison eut risqué de desservir la carrière du policier, le souvenir d'Adelina continuait à le faire douter de la sincérité féminine. Pourtant, sur son palier, habitait une demoiselle à peine quadragénaire : Emilia Biella – modiste de son état – et qui, ayant perdu sa mère, commençait à désespérer de rencontrer l'âme sœur dont l'égoïsme maternel avait interdit toute recherche. Ni belle, ni laide, Emilia découvrait, le matin, en se peignant, de plus en plus de cheveux blancs sur sa brosse. Elle était devenue assez sage pour ne plus rêver du Prince Charmant et n'aspirait qu'à être remarquée par un homme qui aurait une honnête situation. Pour tout dire, son voisin lui plaisait beaucoup.

Benito ne demeurait pas insensible aux menus services qu'Emilia s'ingéniait à lui rendre. Elle le dispensait, gentiment, de ces petites tâches où un célibataire a tôt fait de se noyer. Par moment, le policier s'en avouait attendri. Cependant, sa rancune veillait et l'empêchait de se laisser prendre aux vieilles ruses féminines. Toutefois, il arrivait que Piedulico convienne que ce serait bien agréable, le soir, de rentrer dans un appartement que réchaufferait une autre présence et de dîner ailleurs qu'au restaurant. Le commissaire mollissait. Emilia le sentit et résolut de déclencher sa grande offensive.

Il était près de vingt-deux heures lorsqu'on sonna à la porte de Piediluco. Il alla ouvrir, croyant voir un agent de son service sur le seuil et béa d'étonnement, en découvrant une Emilia en robe de chambre très échancrée, fardée avec mesure et qui tenait à la main, une assiette sur laquelle reposait une sorte de petite soupière à couvercle.

— Ma mère m'a appris cette recette de raviolis aux herbes... J'aimerais que vous goûtiez ce plat.

Désarmé par cette gentillesse, Benito trouvait Emilia presque jolie. Décemment, il ne pouvait refuser une offre aussi gentille. Il n'en avait d'ailleurs pas envie. Piediluco et la signorina Biella passèrent une fort agréable soirée où ils s'exposèrent leurs vues réciproques sur la vie, la manière d'y faire face, leurs inclinations naturelles, leurs espoirs. En bref, quand la modiste le quitta pour regagner son appartement, le commissaire était enchanté de sa voisine et il s'endormit, cette nuit-là, bercé par des songes matrimoniaux.

Emilia et Benito étaient convenus de dîner ensemble le lendemain de cette première vraie rencontre. La modiste se chargeait de préparer le repas qu'on mangeait chez elle. Le policier devait apporter l'entrée qu'il prendrait chez Serretto.

En quittant son bureau, Piediluco étonna ses collègues par sa bonne humeur. Il gagna la charcuterie et acheta ce que Serretto avait de meilleur. Le patron tint à le servir lui-même. Il ne brillait pas par le tact.

— Vous savez, signor Commissaire, que j'ai eu des nouvelles de Casotti?

L'optimisme de Benito s'envola d'un coup.

— Il paraît qu'il est établi en Tunisie et qu'il s'y est fait contruire une villa tout ce qu'il y a de bien.

Il insistait, l'imbécile, en dépit du visage de plus en plus renfrogné de son client.

— Il n'avait pas son pareil pour la présentation de nos produits. Il a toujours eu du goût, ce sacré Gianni... — et avec un bon rire, il ajouta : il est vrai que vous avez payé pour vous en rendre compte. Ça fera trois lires et soixante centimes.

Le commissaire régla sa note et sortit sans un mot.

Dehors, Piediluco essaya de se calmer. Quel crétin, ce

Serretto! Il ne remettrait jamais les pieds chez lui! Maintenant, le mari bafoué ne pouvait plus se débarrasser du souvenir de l'infidèle. Brusquement, il pensa à Emilia. Ainsi, l'expérience cruelle qu'il avait eue ne lui servait à rien! Adelina aussi était adorable avant le mariage et il en serait sûrement de même avec Emilia. Elle avait cru l'enberlificoter avec ses raviolis, celle-là! Il se proposait de lui montrer qu'elle s'était trompée!

Emilia chantonnait en mettant la dernière touche à son « osso bucco » lorsqu'on sonna à la porte. Elle ôta vite son tablier et fit bouffer ses cheveux avant d'ouvrir. Son sourire de bienvenue se figea sur ses lèvres en voyant le visage fermé de Piediluco.

– Qu'est-... qu'est-ce qu'il y a?

– Il y a, ma chère, qu'on ne ficelle pas un homme comme moi avec des raviolis aux herbes et des mines de chatte amoureuse!

– Oh!

– Alors, je tiens à vous préciser que les femmes m'exaspèrent avec leurs ruses idiotes et que les hommes qui s'y laissent prendre me dégoûtent!

– Mais enfin, je ne...

– Adieu, signorina. Désormais, je vous serais obligé de me ficher la paix!

Hors d'elle, Emilia cria plus qu'elle ne dit :

– Vous pouvez en être sûr!

Et elle lui claqua la porte au nez.

Piediluco entra chez lui avec la certitude d'avoir échappé, de justesse, à un grand péril. Il mangea la charcuterie de Serretto et, par une pente naturelle, raisonnant sur les femmes-pieuvres, il se demanda comment s'y prenaient ceux qui les subjuguaient au point d'en faire leurs victimes, comme cette canaille de Fernando Nola dont il aurait souhaité apprendre ce qu'il devenait.

⁂

Don Fernando était heureux et vivait, à son avis, quelques-uns des plus beaux jours de sa vie. Il avait réussi la conquête totale de Lydia Campolito. Celle-ci jugeait très naturel d'entretenir ce Luigi qui avait de si beaux yeux, un si charmant sourire et des manières auxquelles les femmes de la génération de Lydia demeuraient attachées. Un amour, pour l'heure, tout platonique. Pourtant, Fernando ne nourrissait pas d'illusions : tôt ou tard, il lui faudrait payer son écho. La signora Campolito, vertueuse par nature et par éducation, ne brusquait pas les choses. Elle savait quelle deviendrait la maîtresse de Luigi s'il l'en priait ardemment et elle lui savait gré d'une retenue qui ne l'inquiétait guère tant l'amour qu'il lui portait transperçait dans chacun de ses gestes, chacun de ses regards.

Un après-midi, Luigi montra à sa protectrice des prospectus vantant les charmes du Maroc et le confort des hôtels qu'Allemands, Français et Suisses y avaient construits, Lydia s'enquit :

— Vous semblez enchanté par le Maroc?

Luigi profita de cette invitation pour se lancer dans un dithyrambe passionné à propos de Fez, de Marrakech, Casablanca, Rabat. Lydia s'en amusa :

— A vous entendre, on croirait que vous y avez vécu!

— Oui, j'y ai vécu longtemps... en rêve.

— Eh bien! nous tâcherons peut-être de matérialiser ce rêve.

En réponse, Luigi lui baisa passionnément les mains, ce qui mit les larmes aux yeux de la signora Campolito.

***

Autant elle avait cru l'aimer, autant la signora Biella se mit à haïr le commissaire Piediluco. Elle lui en voulait pour la manière scandaleuse dont il l'avait traitée, et plus encore d'avoir déçu ses projets matrimoniaux. De toutes les petites avanies qu'elle pouvait infliger à Benito, elle n'en oublia aucune. Cela jusqu'au jour où le commissaire prit la mouche et alla se plaindre au propriétaire de la présence de cette harpie dans sa maison. Le propriétaire ne souhaitait à aucun prix se mettre mal avec la police et la modiste fut priée de déguerpir non sans avoir prophétisé que le Ciel ne resterait pas insensible à une pareille injustice dont les auteurs, un jour ou l'autre, paieraient le prix de leur forfait.

***

Les relations de don Fernandino avec la gent féminine étaient bien différentes. A la fin de l'été, cependant, il commença à trouver le temps long auprès de l'autoritaire Lydia. Ils prenaient le café dans le grand salon ouvrant sur le parc Valentino lorsque la maîtresse de maison dit d'un ton aimable où une oreille exercée eut découvert un peu d'inquiétude et un soupçon de perfidie :

– Fernando... Vous devriez songer au mariage.

– C'est là une idée qui ne peut plus me venir.

– Vraiment?

– Vraiment. Pour moi, il ne sera jamais question de mariage.

– Peut-on savoir la raison?

– Parce que... parce que mon cœur est pris par celle qui l'occupe totalement, si totalement qu'il ne saurait y avoir place pour une autre.

– Eh bien! voilà une belle profession de foi! Serait-il indiscret de vous demander le nom de l'élue?

Nola soupira.

– Ne soyez pas cruelle, ma grande amie...

– Vous êtes si attachée à cette personne?

– Comme je ne saurais dire!

– Mon Dieu! quel romantisme... Je connais la dame?

– Oui.

– Une de mes caméristes, peut-être?

Fernando sursauta et cria :

– Oh! ma chérie, comment...

Il s'arrêta, court. On aurait pu penser qu'il avait brusquement pris conscience des mots qui venaient de lui échapper. Jouant merveilleusement la confusion, il porta les mains à son visage et abandonnant le fauteuil où il était installé, il se sauva en courant.

La courte scène, si bien menée, émut profondément la maîtresse de maison. Ce garçon l'aimait, elle n'en pouvait douter. Elle-même ressentait une inclination des plus vives. Sans doute, il y avait cette grande différence d'âge, mais si elle était négligeable pour lui, pourquoi ne le serait-elle pas pour elle? Trop occupée de gagner de l'argent, Lydia n'avait guère eu le temps de songer à l'amour, son mari attachant peu d'importance à ce genre de distraction. La veuve sentait qu'elle se tenait aux limites d'un monde inconnu où Fernando la pilotait.

Nola bouclait ses valises lorsque — ainsi qu'il l'espérait — Lydia entra dans la chambre.

— Que faites-vous?

— Après ce qui m'a échappé, je ne peux rester plus longtemps près de vous.

Elle s'approcha et posa les mains sur ses épaules.

— Ainsi, c'est moi cette femme tant aimée?

— Pardonnez-moi...

— Te pardonner? ne comprends-tu pas que moi aussi, je t'aime?

Avant qu'il ait pu répondre, elle l'embrassa sur les lèvres.

***

Aux premiers jours de l'automne, Lydia décida de partir pour le Maroc, en compagnie de Fernando et d'y rester six mois. Elle confia la marche de ses affaires au vice-président de sa compagnie.

— Je pense, Fernando mio, qu'il vaut mieux que nous gagnions Gênes séparément pour éviter les racontars. Je vais vous remettre l'argent du voyage et six mois de pension à l'hôtel Houfiz d'où nous pourrons rayonner dans tout le pays. Nous nous retrouverons sur le bâteau où vous louerez deux cabines communicantes. Tu as assez attendu mon amour... Je serai à toi la première nuit de notre fugue.

Ils délirèrent un temps, tous les deux et Fernando ne donna l'impression de revenir sur terre qu'en touchant la liasse de billets que la signora Campoleto lui remit.

⁂

Silio attendait son vieux copain sur le quai de la gare. Il estima que Nola avait une mine superbe, alors que lui avait plus ou moins crevé de faim en dépit des petites sommes que son ami lui envoyait, quand il était lui-même argenté.

– Pourquoi es-tu rentré? le mal du pays?

– Un peu, mais surtout parce que demain, à deux heures, je dois embarquer sur la « Fantina » qui va au Maroc.

– Tu pars encore?

– Non, rassure-toi... Maintenant que cette excellente Turinoise m'a remis pas mal d'argent, je n'entends pas le gaspiller pour faire du tourisme. Nous allons vivre tranquillement jusqu'à Noël, mon vieux Silio.

⁂

Le commissaire Piediluco était occupé à un travail de routine lorsque l'inspecteur Lucera entra précipitamment. C'était si peu dans ses habitudes que son chef s'en étonna :

– Que se passe-t-il, Antonio?

– Une femme qui mène un sacré tapage.

– Mets-la en boîte.

– C'est une dame!

– Amène-là, je vais la calmer, moi!

Lucera sortit et revint presque tout de suite en compagnie d'une personne qui, à première vue, impressionna Benito, par son allure.

– Vous êtes le commissaire?

– En effet.

– Je me nomme Campoleto, Lydia Campoleto. Je possède plusieurs garages à Turin où je vis. Depuis la mort de mon mari, je conduis seule mes affaires.

– Je vous en félicite, signora. Que puis-je pour vous?

– Arrêter le voleur!

– Si vous preniez le temps de me raconter votre histoire?

Lydia suivit ce sage conseil et raconta. Au fur et à mesure qu'elle parlait, Piediluco pensait qu'intelligentes ou non, énergiques ou pas, les femmes éprouvent, toutes, ces faiblesses qui le faisaient les mépriser. Adelina, c'était un garçon charcutier, Lydia, un escroc. Son histoire n'était pas originale. Elle n'était pas la première qui, à travers un homme, cherchait à retrouver le temps enfui.

– Alors, je lui ai remis l'argent pour le voyage et notre séjour là-bas... Nous devions nous retrouver sur le bateau.

– Et il n'est pas venu?

– Pire, signor commissaire, pire! J'arrive sur la « Fantina » avec mes malles, mes valises, je dis mon nom, je demande ma cabine et savez-vous ce qu'on me répond, le livre de bord consulté?

– Qu'il n'y a rien de retenu pour vous.

– Exactement... On téléphone à l'agence de Turin, même résultat. Je pense qu'il est inutile d'alerter l'hôtel Houfiz.

– Tout à fait inutile. Comment s'appelle cet indélicat personnage?

– Luigi Barodi.

– Vous le connaissiez depuis longtemps?

– Je croyais à la sincérité de ses sentiments.

– Je vois. Vous étiez sa maîtresse?

– Pas encore.

– Je vous en félicite. Il a vécu près de vous?

– Plusieurs mois.

– A vos frais, naturellement?

– Bien sûr!

– Bon... Je vais voir ce que je peux faire. Sauriez-vous me le décrire?

– Une chevelure blonde et bouclée, des yeux...

– Attendez!

Benito montra une photo à Lydia qui s'écria :
– C'est lui!
– Je m'en doutais depuis quelques instants... De son vrai nom, il s'appelle Fernando Nola. Un spécialiste.
– Moi! mais j'ai été roulée comme une servante d'auberge! Je suis folle de rage et de honte! Vous avez une idée de l'endroit où il est?
– Disons que je sais où il habite.
– Donnez-moi son adresse et j'irai lui montrer ce qu'il en coûte de se moquer de Lydia Campoleto!
– Non, signora, non. Ce n'est pas une besogne pour vous. Laissez agir la police. Si vous n'êtes pas pressée, demeurez tranquillement dans ce bureau. Je vous ramène votre voleur.

*
**

En se dirigeant vers la piazza Erbe, Piediluco aurait dansé de joie. Il allait arrêter ce voyou de Nola qui, dans son esprit, se confondait avec Casotti qui avait enlevé Adelina.

Quand la commissaire frappa à la porte, ce fut Silio qui lui ouvrit. A la vue du policier, il se troubla :
– Qu'est-ce que... que vous voulez?
– Ça ne te regarde pas! Sors-toi de là!

Benito entra dans la pièce où Fernando nouait une cravate. Il ne se retourna pas pour demander :
– Vous êtes le commissaire Piediluco?
– En effet. Est-ce au signor Nola que j'ai l'honneur de parler? ou au signor Triveri? à moins que ce ne soit au signor Barodi?

Silio gémit :
– Oh! santa Madonna!...

Fernando, lui, se mit à rire.
– Vous êtes amusant, signor commissaire.
– Je le serai moins dans un instant, parce que des voyous de votre espèce doivent être mis hors d'état de nuire! Allez, oust! je vous embarque.
– Sous quel prétexte?
– Escroquerie au mariage et abus de confiance.

Nola secoua la tête, apitoyé.

– Seigneur commissaire, vous me faites de la peine... A votre âge, vous devriez savoir qu'à moins de constater un flagrant délit, il faut qu'une plainte ait été déposée pour procéder à une arrestation.

– Les motifs ne manquent pas, faites-moi confiance!

– Je ne suis pas de votre avis... Des dames, sur le retour, me trouvant sympathique, c'est leur droit, non? Je n'en ai jamais épousé aucune et, ainsi, je ne tombe pas sous le coup de la loi. Je suis pauvre, elles sont riches. Ce n'est pas ma faute, seulement celle de la société. Pouvez-vous, juridiquement, m'en rendre responsable? et si, conscientes de cette disparité scandaleuse, ces charmantes personnes souhaitent, dans la mesure de leurs moyens, en compenser l'injustice en quoi sont-elles blâmables?

– Pas elles – quoiqu'il y aurait beaucoup à dire – mais vous.

– Moi? mais je ne leur ai jamais rien pris, elles m'ont toujours donné.

– En usant de promesses fallacieuses, d'assurances mensongères!

– Vous les avez entendues?

– Elles me les ont rapportées!

– Ce sera leur parole contre la mienne.

Benito s'esclaffa.

– Je puis vous assurer qu'elle ne pèsera pas lourd. Et puis assez tergiversé! Allons rejoindre la signora Campoleto. Ce coup-ci vous êtes tombé sur un os qu'il vous sera dur d'avaler.

– Eh bien! je vous suis, signor commissaire. Silio, va chercher Marco di Silvelli et rejoins-moi avec lui au commissariat. On y va signore?

– Minute! qui est-ce, ce type que vous envoyez chercher?

– Un de mes bons amis qui me sera d'un grand secours quand je serai entre vos mains.

– Qu'il ne compte pas se mêler de mes affaires!

– Difficile d'empêcher un journaliste d'entrer dans un commissariat, non?

– Parce que ce Silvelli...
– Il est rédacteur au « Temps d'Aujourd'hui »
– Cette feuille ignoble qui ne vit que de scandales et de chantages!
– Justement. Mario sera très intéressé par le récit de mon aventure avec Lydia et je suis sûr que la photo de la dame paraîtra en première page du prochain numéro de « Temps d'Aujourd'hui » qui a une belle clientèle à Turin.
– Salaud!
– Des gros mots, signor Commissaire?
– Vous êtes bien le bonhomme le plus répugnant que j'ai rencontré!
– C'est une opinion.
– Je ne sais ce que la signora Campoleto décidera, mais si elle porte plainte, je me promets de vous faire goûter des jours amers.
– Je suis trop malin pour vous, signor Commissaire. Vous ne m'aurez jamais.
– Ecoutez-moi de toutes vos oreilles, Nola : j'y mettrai le temps qu'il faudra, mais vous regretterez de m'avoir défié.
Piediluco sortit en bousculant à nouveau Silio et claqua la porte derrière lui. Quand on n'entendit plus son pas dans l'escalier, Silio gémit :
– Mais tu es fou, Fernando! Pourquoi t'es-tu moqué de lui?
– Pour le plaisir.
– Un plaisir qui risque de te coûter cher!
– Je suis beaucoup plus intelligent que lui et c'est cela seul qui compte.

⁂

Ainsi que Nola l'avait prévu, Lydia, mise au courant des projets de son ex-bien-aimé, capitula :
– Je ne peux pas me permettre un scandale. Mes affaires s'en ressentiraient gravement. Je suis battue, roulée, humiliée par cet individu qui est une parfaite crapule. Je me doute de ce que vous pensez, signor

Commissaire, et vous avez raison. A tout âge, on peut se conduire comme une sotte. Donc, vous ne pouvez pas l'arrêter?

– Je peux l'arrêter, mais je ne peux pas l'empêcher de parler.

– Bien sûr... Si un jour, vous arrivez à expédier ce Nola en prison, faites-le moi savoir.

– Je vous le promets.

– Merci. Je rentre à Turin avec mes bagages, mais sans mes illusions. Une leçon qui, je l'espère, me servira. Au revoir, Commissaire.

– Au revoir, signora.

Piediluco jugea que si une femme de la qualité de Lydia Campoleto se conduisait de la sorte, l'histoire d'Adelina s'expliquait mieux. Maintenant, la colère de l'inspecteur était tombée. Il savait qu'entre Nola et lui, ce serait désormais une bataille de tous les instants. Telle l'araignée au centre de sa toile, Benito attendrait le temps nécessaire, sans la moindre impatience, jusqu'à ce que Fernando commette l'erreur qui permettrait au commissaire de remporter une victoire définitive où sa rancœur et la justice trouveraient leur compte.

– 3 –

A toutes fins utiles, dans les derniers jours de 1893, Piediluco avait éxpédié la photographie de Nola et un résumé de son existence aventureuse dans la plupart des commissariats des grandes villes de la péninsule. Cette besogne achevée, Benito attendit.

Vers le mois de mars de l'année suivante, les policiers qui contrôlaient périodiquement la piazza Erbe, avertirent le commissaire que Fernando avait quitté son domicile en prévenant la propriétaire qu'il serait absent assez longtemps. Piediluco frémit de joie comme le chasseur dont les rabatteurs ont débusqué le gibier. Tout de suite, il se fit amener Silio.

– Alors, votre ami est parti?
– En effet, signor Commissaire.
– Je suis sûr que vous me direz où il est allé?
– Je le voudrais bien, signor Commissaire, mais je l'ignore.
– Vraiment?
– Fernando ne me confie jamais où il se rend. Je dois attendre de ses nouvelles et aussi les petits mandats qu'il m'envoie de temps à autre.
– Comme c'est gentil... un cœur d'or, ce Nola... Parce que, si je comprends bien, vous n'avez pas de moyens d'existence connus?
– C'est-à-dire que je suis au service de mon ami. Je suis son homme à tout faire.
– Et il ne vous donne pas son adresse?
– Non.
– Pourquoi?
– D'abord parce qu'il a horreur d'écrire ou de recevoir des lettres, ensuite parce qu'il prétend que ce qu'il fait ne me regarde pas.
– Admettons et résumons le problème : dès que vous recevez des nouvelles de Nola, vous me prévenez sinon, je vous boucle pour entrave à l'exercice de la justice. D'accord?
– D'accord, signor Commissaire.

Trois jours plus tard, Silio apprenait à la police gênoise que Nola se trouvait à Florence, mais qu'il ne connaissait pas son adresse, car il écrivait poste-restante. Aussitôt prévenu, Piediluco alertait son collègue florentin – Renato Paduli – et l'avertissait que Fernando était dans ses murs. Paduli assura qu'il découvrirait vite l'endroit où habitait le suspect et qu'on l'aurait à l'œil. Si cet individu se livrait à la moindre incartade, Benito serait immédiatement alerté.

Au début d'avril 1894, le commissaire florentin appela Benito pour lui dire qu'il avait des ennuis avec ce Nola qu'il lui avait signalé et qu'il serait heureux si Piediluco pouvait faire un saut jusqu'à Florence.

Une fois encore, Benito crut que l'heure de la revanche avait sonné et il se précipita à Florence. Son collègue Paduli l'attendait à la gare et l'entraîna dans un café proche de la station.

– Nous pourrons plus facilement bavarder ici, à l'abri des oreilles indiscrètes.

– Voudriez-vous me laisser entendre que dans votre bureau...

– Non pas! mais l'affaire est tellement délicate par les personnes qu'elle concerne que je redoute la plus légère indiscrétion... A tel point que, contrairement à tous les usages, c'est nous, si vous le voulez bien, qui allons nous déplacer pour écouter quelqu'un dont je ne sais rien de ce qu'il souhaite nous confier. Tout ce que je peux vous dire, c'est que votre homme, Nola, est mêlé à l'affaire.

– Votre... plaignant est marié?

– Depuis longtemps, et puis pourquoi vous le cacherais-je davantage? Il s'agit d'Ettore di Stornarelle, un des plus importants promoteurs florentins. Il a épousé en 1858 Laura Cavaglio, d'une famille de robins. Très jolie fille, adulée, admirée, elle est âgée aujourd'hui de 56 ans et il semblerait que la signora di Stornarelle vieillisse mal.

– Ça va, j'ai compris. Je n'y ai, d'ailleurs, aucun mérite, tant l'histoire apparaît classique et banale. Exactement l'atmosphère qui convient à don Fernandino.

– Le signor di Stornarelle, averti de notre présence – il croit que c'est en hommage à son importance que vous vous dérangez et que sa pauvre aventure, par là, prend un relief spécial, ce qui flatte sa vanité – nous reçoit à déjeuner à Settignano. Nous y allons? J'ai ma voiture personnelle.

– A vos ordres.

Ils roulèrent sans hâte, à travers des collines déjà fleuries. A chaque tournant de la route, Benito croyait découvrir un tableau admiré dans un musée. Dans les montées, le commissaire mettait son cheval au pas. La lenteur de la course leur permettait de ne rien laisser échapper du paysage. Il leur fallut un peu plus d'une heure pour couvrir les huit kilomètres. Ettore di

Stornarelle les attendait au « Beau Gonfalonier ». C'était un homme très grand, très maigre, avec une barbiche grise. Il portait fort mal ses soixante-cinq ans et faisait songer aux inquisiteurs peints par le Greco. Le long visage triste de leur hôte ne s'éclaira pas du moindre sourire pour accueillir les policiers. Les présentations faites, il les convia à s'asseoir.

– J'ai pensé signori, que ni vous ni moi n'avions du temps à perdre, aussi je me suis permis de gagner quelques minutes en commandant notre repas : anguille aux petits pois, poulet à la florentine et croustade à la crème que nous arroserons d'un ou deux flacons de Vernaccia de San Gemignano. Les commissaires n'ayant soulevé aucune objection, leur amphitryon déclara :

– Parfait... nous allons pouvoir entrer tout de suite dans le vif du sujet. – Il s'adressa particulièrement à Piediluco – votre collègue, Signore, a dû vous apprendre que j'étais l'un des hommes les plus riches de Toscane, ce qui ne va pas, vous vous en doutez, sans irriter bien des jalousies. Mais je n'ai jamais fait de l'argent mon unique souci. Je mettais mon bonheur dans ma parfaite entente avec ma femme et dans la réussite de mes trois enfants. – Il revint aux deux policiers – J'ai épousé Laura en 1858 et pendant trente-six ans, pas le moindre différent ne s'est élevé entre nous. Ma femme m'a donné un garçon et deux filles qui sont eux-mêmes mariés. En bref, j'étais en droit de supposer que Laura et moi suivrions notre chemin jusqu'au bout d'un pas égal, en parfaite communion d'idées.

On servit les anguilles aux petits pois et, durant un instant, les trois hommes oublièrent Laura et ses problèmes pour se livrer aux joies pures de la gastronomie. La plat vidé, Ettore s'étant essuyé les lèvres, reprit :

– Je ne m'attendais pas à la confession qu'allait me faire Laura, avant hier soir, au moment de me mettre au lit. Je me rendais bien compte que, depuis quelques temps, elle était préoccupée. Lui laissant le cabinet de toilette, je me couchai et commençai à lire. Soudain, la porte s'ouvre et ma femme, en camisole et bigoudis, ruisselante de larmes, se jette à genoux en gémissant : « Tue-moi, Ettore, tue-moi! Je suis une misérable! — Vous admettez, Signori, qu'il y avait de quoi être surpris. J'aidai mon épouse à se relever, lui jurai que — quelque crime qu'elle ait pu commettre — je n'avais pas la plus légère intention de la supprimer. quand j'eus réussi à la calmer elle m'avoua sa faute. Romantique, ayant gardé à cinquante-six ans, un cœur de jeune fille, persuadée que les années ne passaient que pour les autres, elle avait écouté un de ces types sans scrupules qui...

Piediluco l'interrompit :

— Nous connaissons ce genre d'hommes, signor di Stornarelle, et nous pensons même savoir de qui il s'agit. Pourquoi la signora vous a-t-elle confessé sa faute?

L'arrivée du poulet à la florentine empêcha Ettore de répondre. Il attendit que le plat fût aux trois-quarts vide et la seconde bouteille de Vernaccia débouchée pour expliquer :

— Cette sotte, comme une pensionnaire s'éprenant de son cousin, avait écrit à ce Tino Vignela des lettres stupides, folles et compromettantes. Laura qui s'était ressaisie et avait pris conscience du grotesque de son aventure, rompit avec Vignela, mais...

— Il refusa de rendre les lettres? — suggéra Benito.

— Du moins gratuitement — précisa Paduli.

Benito ne put se tenir de cacher sa joie.

— Je crois que, cette fois, nous le tenons!

— Dieu vous entende!

— Je ne pense pas que le Seigneur ait sa place dans cette histoire sordide.

— Je m'en remets à vous, Signori, pour nous éviter le déshonneur.

— Nous ferons de notre mieux. En tout cas, j'estime qu'il serait bon que je rencontre la signora di Stornarelle.

— Elle sera chez elle à partir de cinq heures, ce soir, au 237 via dell'Oriucolo.

⁂

Malgré ses préventions, Piediluco jugea que Laure était une très belle femme qui pouvait encore, à défaut de passion, susciter la tendresse. Elle reçut fort aimablement le policier et confirma le récit de son mari avec de la pudeur, de la gêne, presque de la honte qui la rendirent plus sympathique encore au visiteur.

— Je vous serais très obligée, Signor, de ne faire aucun commentaire. Ce que vous pourriez dire, je le sais. Tous les reproches qu'on peut m'adresser, je les connais.

— Croyez, signora, que je n'ai nulle intention de...

Elle l'interrompit avec hauteur.

— N'en parlons donc pas. Je me doute que Tino est un coquin qui m'a bernée. Si je n'avais un mari, des enfants, une position sociale, je crois — en dépit de ma foi — que je me serais tuée. Mais je tiens à ce que vous le sachiez : j'ai aimé Tino... et je veux me persuader qu'il m'a aimée un moment.

— Vous êtes cependant d'accord pour qu'il soit châtié?

— Si cela doit vous satisfaire...

— Voyons, signora, on ne saurait tolérer qu'une crapule s'enrichisse de cette façon?

— Signor, pensez-vous vraiment que mon mari soit moins méprisable?

Le policier resta coi.

— On l'admire, on le respecte, on le salue alors que toute sa vie n'a été qu'une suite ininterrompue d'escroqueries, de vols, de pillages. Je le hais et si je m'oblige à vivre, c'est que je veux le voir mort.

Piediluco ne voyait pas quoi répondre. Il ne s'attendait pas à une diatribe qui ne fit que le renforcer dans sa misogynie.

— Quand avez-vous rendez-vous avec notre homme?

— Demain à quatre heures, au jardin du Boboli, dans le viotolone, une allée bordée des deux côtés par des lauriers.

– Ne changez rien à votre programme. Nous serons là et quand il glissera votre chèque dans sa poche, nous lui sauterons dessus.

⁂

Ni son mari ni les policiers n'avaient compris que Laura di Stornarelle était follement éprise de cette canaille de Nola, au point de lui pardonner. elle ne pouvait supporter l'idée de voir son bien-aimé, les menottes aux poignets et le perspective de la satisfaction de son époux lui donnait la nausée.

Le lendemain matin, négligeant sa voiture, elle sortit à pied et se rendit, au mépris de toute prudence, à l'hôtel où résidait le cher imposteur. Heureusement pour elle, les policiers, certains d'arrêter Nola dans le jardin Boboli, avaient jugé inutile de faire surveiller la maison où leur gibier coulait des heures paisibles. Quand on lui annonça qu'une dame l'attendait dans le salon réservé aux visiteurs, don Fernandino connut un instant de panique. Il pensait bien qu'il s'agissait de Laura. Que voulait-elle? Sûrement le supplier à nouveau d'avoir pitié d'elle, de son honneur. Elles sont drôles ces bonnes femmes! Elles se figurent qu'on les tortures par sadisme. Si on le pouvait, on les quitterait sur une ultime pirouette, un dernier baiser, mais... il faut vivre et de cela, elles ne paraissaient pas s'en douter.

Contrairement à son attente, Laura ne pleurait pas et ne semblait pas disposée au drame. Déconcerté, Nola s'inclina :

– C'est une surprise, signora...

– Asseyez-vous, Tino.

Le ton n'était ni plaintif, ni menaçant. Son inquiétude le céda à la perplexité.

– Je sais quel homme méprisable, vous êtes. Je sais que vous m'avez joué une comédie ignoble pour de l'argent.

– Je...

– Taisez-vous! Malheureusement pour moi, je vous

ai aimé, je vous aime encore et je ne souhaite pas que vous alliez en prison pour longtemps.

– En prison?

Laura raconta l'aveu au mari, l'appel à la police. Au fur et à mesure qu'elle parlait, Fernando sentait une sueur froide lui glacer le dos et lorsque son interlocutrice fit allusion au commissaire Piediluco venu spécialement de Gênes, il fut pris de panique.

– Laissez-moi me persuader, Tino, que si vous avez agi de la sorte, c'est que vous étiez poussé par le besoin. Je vous ai apporté l'argent que vous me demandez. Tenez, il est dans cette enveloppe. Allez chercher mes lettres.

En regagnant sa chambre, Fernando se figurait rêver et avait une pointe de remords : vraiment une chic fille, cette Laura. De retour auprès de la signora di Stornarelle, il l'entendit l'adjurer :

– Maintenant, réglez votre note et partez vite!

Nola était d'une intelligence aïgue et sentit qu'il pouvait – plaisir dont il n'entendait pas se priver – remporter une merveilleuse victoire sur son adversaire acharné, le commissaire Piediluco.

– Non, je ne pars pas... Voilà ce que nous allons faire si vous acceptez de m'aider.

Elle le promit et il parla longuement. Quand il eut terminé, elle se contenta de répondre :

– J'agirai comme vous voudrez...

– Merci.

Elle lui prit les mains :

– Tino... vous ne m'avez vraiment pas aimée? même un tout petit peu?

– Si, Laura, mais je ne m'en rendais pas clairement compte.

***

Bien avant l'heure fixée pour le rendez-vous de Laura et Fernando, les commissaires Piediluco et Paduli avaient pris position dans les lauriers bordant le Viotolone du jardin de Boboli, à la hauteur du banc où la signora di Stornarelle avait mission de s'asseoir. Aux deux extrémités de l'allée, des policiers préviendraient la fuite possible de Nola. Laura arriva la première. Fernando, sachant la présence de ses ennemis, jouait l'homme inquiet, traqué, se retournant sans cesse, jetant des regards furtifs à droite et à gauche. Benito, qui ne perdait rien du spectacle, en tremblait de plaisir.

Nola s'assit auprès de Laura qui lui annonça :

– Je vous ai apporté un chèque.

– Voici les lettres que vous m'avez réclamées.

Fernando sortit de sa poche un paquet qu'il remit à sa compagne, laquelle l'enfouit dans son sac à main.

– Prenez le chèque, Tino.

– Vous plaisantez!

Piediluco, qui s'apprêtait à jaillir hors du couvert, se retint et sous ses yeux exorbités, Nola déchira le chèque en menus morceaux qu'il éparpilla dans le vent léger qui agitait doucement les branches des arbres.

– Je ne mange pas de ce pain-là, je regrette que vous ayez pu penser autrement.

Après avoir baisé la main de Laura, Nola s'éloigna sans hâte. Livide, Piediluco ne comprenait pas. Avec son collègue, il rejoignit la signora di Stornarelle.

– Qu'est-ce que cela signifie, signora?

– Je l'ignore...

Paduli remarqua :

– C'est pourtant vous qui avez parlé de chèque!

– Peut-être ai-je mal compris?

Piediluco, qui scrutait le visage de Laura, ricana :

– J'ai l'impression d'avoir été roulé.

Elle leva, vers lui, un regard angélique.

– Vraiment?

– Pour qu'il se soit comporté de cette façon, il fallait qu'il ait été prévenu de notre présence.

Paduli s'exclama :

– Par qui?

– Si vous le demandiez à la signora?

Laura se leva et regardant les policiers bien en face :

– Parfaitement, je suis allée à son hôtel le mettre en garde contre ce qui se tramait et même, je lui ai donné, de la main à la main, l'argent dont il avait besoin.

Benito gronda :

– Nous serions à Gênes, je vous arrêterais!

– Mais nous sommes à Florence. Maintenant, si vous souhaitez vous venger, vous pouvez mettre mon mari au courant, cela m'est égal!

Paduli, furieux, cria :

– Pourquoi? pourquoi?

– Pour que ma seule histoire d'amour ne se termine pas dans le cadre sordide d'une prison!

Piediluco rugit!

– Une histoire d'amour! pauvre idiote!

Et rageur, il tourna les talons.

*
**

Réduit à ses seules ressources depuis pas mal de temps, Silio avait dû se remettre à pratiquer l'art du vol à la tire, mais soit que l'inactivité ait rouillé ses réflexes, soit que l'absence de Fernando l'ait privé de l'enthousiasme nécessaire, il se fit piquer la main dans le sac, la veille du retour de Nola à Gênes. En apprenant la chose, Piediluco – qui n'ignorait pas l'amitié unissant les deux hommes – ordonna une perquisition chez Nola et prit la tête de l'opération.

Don Fernandino défaisait ses valises lorsque la porte s'ouvrit devant Benito, suivi de deux policiers encadrant Silio. En voyant son copain en aussi fâcheuse posture, Nola perdit son sang-froid et se précipita vers lui, mais le commissaire l'arrêta au passage :

– Seulement le dimanche et une fois par mois. Vous revenez de voyage?

– De Florence. Vous connaissez?

– Très bien. J'y ai même de bons amis, les di Stornarelle – se tournant vers ses hommes, il ajouta – au travail!

Les agents bousculèrent les meubles, vidèrent les tiroirs, saccagèrent tout ce qu'ils purent saccager et découvrirent, sans gros effort le butin accumulé par

Silio, qui fut mis dans un sac. Nola enrageait. Benito lui confia :

– Vous savez que je serais en droit de vous arrêter pour recel.

– Pourquoi ne le faites-vous pas?

– Pour deux raisons : d'abord parce que je suis honnête et que je ne puis oublier que vous vous trouviez à Florence, occupé à extorquer de l'argent à une femme stupide, tandis que cet idiot d'Ossidi commettait ses misérables larcins, ensuite parce que, quand le moment sera venu, je m'arrangerai pour que vous soyez condamné à vie, tout autre châtiment ne m'intéresse pas. Tenez-vous-le pour dit.

Une telle haine vibrait dans la voix de Piediluco que don Fernandino sut ce qu'était la peur.

Les policiers et Silio partis, Nola demeura un long moment sur sa chaise à réfléchir à sa situation. Il avait eu tort de narguer les policiers qui ne lui laisseraient plus une minute de repos. Pris de panique, il jugea que le mieux était de disparaître un certain temps. Avec l'argent de Laura, il pouvait vivre six mois confortablement. Il refit sa valise et entra dans la première agence maritime rencontrée sur son chemin. Il y apprit que ce soir-là, un bateau – le Sicilia – quittait Gênes à huit heures, pour la Sardaigne. Il restait encore des cabines libres. Son billet en poche, Nola se réfugia dans la salle crasseuse d'un café à matelots. Il y mangea, y but et dès qu'il vit les premiers passagers emprunter l'échelle de coupée, il se précipita.

CHAPITRE II

I

Accoudé au bastingage, don Fernandino, mélancolique, regardait s'éloigner la côte gênoise. Il se sentait malheureux, car cet homme au cœur sec, ce monument d'égoïsme, aimait sa ville. Il savait qu'elle n'était pas la plus belle d'Italie, mais c'était « sa » ville. Toute son enfance jouait dans les ruelles du port où il faisait l'école buissonnière. Il n'avait qu'à fermer les yeux pour découvrir, avec un luxe de détails surpenant, le bel appartement du Corsa Podesta où il avait été élevé avec ses sœurs. La silhouette massive de son père se détachait sur la sévère bibliothèque devant laquelle il était assis tandis que sa mère n'était, dans son souvenir, vraiment à sa place que dans le salon encombré de tablettes et de guéridons portant des plantes vertes. Pour lui seul, ses sœurs couraient encore dans les allées du parc Peralto. A la poupe du Sicilia, Nola, dans le sillage écumeux du navire, distinguait des images où passait sa vie. Le vent, au fur et à mesure qu'on gagnait le large, haussait la voix pour bercer les regrets du fugitif. Mais, Fernando n'était pas homme à se laisser abattre par une fortune changeante. Il accorda encore une pensée à Silio qui, en prison, attendrait longtemps sa visite (il en eut quelques remords) et, abandonnant son poste isolé, il repartit à la recherche de son destin.

Nola se rendit au bar où la plupart des tables étaient occupées. Il parcourut l'assistance de l'œil attentif de l'ethnologue perdu dans une foule hétérogène dont il essaie de distinguer les composantes. Il parut, au jeune homme, que cette clientèle de touristes et de fonctionnaires regagnant leurs postes, n'offrait aucun intérêt et il allait regagner sa cabine pour y attendre l'heure du dîner lorsque, dans le mouvement qu'il exécuta pour abandonner le bar, son regard accrocha une créature qui tranchait avec le reste du troupeau. Bien qu'elle fut assise, la longueur de son buste affirmait qu'elle était grande. Elle semblait très bien faite et son opulente chevelure rousse rehaussait la pâleur élégante de son teint. Elle paraissait avoir atteint ou légèrement dépassé les abords de la cinquantaine. Son instinct de chasseur secoua don Fernandino. Quoi qu'il eut dans sa poche, l'argent de Laura di Stornarelle, il ne pouvait rester indifférent au passage d'un gibier possible. Il glissa un billet au barman.

– Par hasard, connaîtriez-vous la signora rousse qui semble tant s'ennuyer?

– Pas par harsard, signore. Elle est une habituée de notre ligne, soit seule, soit avec son mari. Elle possède une luxueuse villa dans les environs d'Olbia.

– Elle s'appelle?

– Comtesse Mafalda di Oriano. Son mari a la plus grosse usine de textile de Milan. Vous plairait-il, signore, de faire la connaissance de la comtesse?

Un second billet fut la réponse de Nola.

– Je parlerai au maître d'hôtel. Comme il y a beaucoup de monde et que la mer est calme, il faudra, au moins, deux personnes par table. Comptez sur moi.

– Merci.

Don Fernandino retourna dans sa cabine pour y changer de linge. Il était tout entier repris parce qu'il tenait pour un métier. Cette femme, voyageant seule, lui semblait une proie offerte. Il entendait, pour le moins, tenter sa chance.

A l'heure du dîner, la comtesse se fâcha de constater qu'un autre couvert, en plus du sien, occupait la place où elle avait coutume de prendre ses repas. Furieuse, elle appela le maître d'hôtel qui se précipita.

– Madame la Comtesse?

– Enfin, Pascuale, qu'est-ce que cela signifie? qui a permis qu'on installe quelqu'un à ma table?

Pascuale expliqua que l'affluence record de cette traversée ne lui permettait pas, sans risque d'émeute, de laisser seule Madame la Comtesse.

– Oui, mais alors veillez à ce que ce soit quelqu'un de convenable!

– Oh! Madame la Comtesse me connaît!

– Je vous fais confiance, Pascuale.

A peine avait-on servi le minestrone que Nola pénétra dans la salle à manger. Il fut aussitôt signalé au maître d'hôtel par le barman sommelier. Pascuale joua parfaitement le jeu. Il s'inclina devant Fernando.

– Signore, par ici, s'il vous plaît.

Avant de s'asseoir en face de la comtesse, Nola s'enquit :

– Vous permettez, signora?

Elle répondit par un geste d'approbation à peine esquissé. Fernando salua et se présenta :

– Umberto Villaria, de Parme.

– Comtesse di Ariano, de Milan.

Le nouveau venu baisa, avec infiniment de respect, les doigts qu'on lui tendait. Mafalda en fut favorablement impressionnée. Ils en étaient au rôti, lorsque la comtesse dit à voix basse :

– Signore... Je vous prie de cesser...

– Mais...

– Quand vous pensez que je suis distraite, vous me contemplez avec une insistance déplacée.

– Pardonnez-moi... Je pensais que vous ne le remarqueriez pas... et... comment dire? c'est plus fort que moi... Je ne me lasse pas de vous regarder.

Tout ensemble, flattée et fâchée, la signora di Ariano protesta mollement.

– Signore...
– Je vous trouve si belle...
– Vous voulez bien vous taire!

Mais cet ordre était prononcé sur un tel ton qu'il devenait une invitation à poursuivre dans ce galant chemin.

– Une des plus belles personnes que j'aie jamais rencontrées!

– Je ne puis vous croire... Je ne suis plus d'un âge à ajouter foi à ce genre de bêtises.

– Comtesse, Junon n'était plus une jeune fille quand elle se présenta nue devant Paris!

Mafalda gloussa :

– Oh! que voilà des propos choquants!

Après le dîner, la comtesse invita Nola à l'accompagner sur le pont pour y faire quelques pas avant de gagner sa cabine. Rares étaient les passagers qui affrontaient le vent froid de la nuit. Ecoutant le chuintement de la mer contre la coque, Fernando disait :

– Ce bruit soyeux qui ne cesse qu'à l'arrivée au port donne l'image de la vie. Du bruit pour rien, dans une indifférence générale.

– Seriez-vous déçu?
– Profondément.
– A votre âge!

– Oh! mais quand donc cessera-t'on de juger les sentiments d'après l'âge de celui ou de celle qui les manifeste! Accordez-moi, comtesse, qu'il n'y a pas plus d'âge pour aimer ou être aimé qu'il n'y a d'âge pour souffrir ou faire souffrir.

– C'est vrai. Je suis contente de vous avoir rencontré. Prendrons-nous notre petit déjeuner ensemble?

– Avec joie!
– Alors, à demain, neuf heures, à ma table.

Elle lui tendit la main. Il la baisa avec une ardeur tenant peu compte des règles de la bienséance, mais qui fit chaud au cœur de Mafalda.

Dans sa couchette, don Fernandino échafaudait des

rêves dorés. Il était sûr de plaire à la comtesse. De là à penser qu'il pourrait lui extorquer pas mal d'argent...

Au matin, la signora di Ariano et Nola se retrouvèrent dans la salle à manger. Le garçon avoua qu'il avait mal dormi.

– Vraiment? cependant, la mer était d'un calme...

– Mon cœur ne l'était pas!

– Que me chantez-vous là?

– Pardonnez-moi, mais... mais c'est la première fois que je rencontre une femme comme vous!

– Qu'ai-je donc qui vous ait frappé à ce point?

– Une classe formidable mise au service d'une beauté...

– Que vous êtes enfant!

– Penser que dans moins d'une heure, maintenant, je vais devoir vous saluer et vous regarder vous perdre dans la foule... c'est... c'est une idée que je ne peux pas supporter... Excusez-moi.

Il porta vivement sa serviette à ses yeux. Bouleversée, Mafalda lui chuchota :

– Calmez-vous... Je vous promets que nous nous reverrons...

Il gémit, désespéré.

– Ce ne sera pas possible...

– Pourquoi? où descendez-vous?

– Je ne sais pas.

– Vous n'avez rien retenu?

– Non. Je suis parti sur un coup de tête. Je n'ai même pas songé à prendre de l'argent...

– Vous... Vous avez abandonné le... le domicile conjugal?

– Je vis seul. Je n'ai pas d'épouse.

– Une maîtresse?

– Non.

– Ecoutez, Umberto... Vous me permettez de vous appeler Umberto?

Nola prit un air extatique pour répondre :

– Si vous saviez le bien que vous me faites!

– Dans ce cas... j'ai une très grande villa avec de

nombreuses pièces... et le personnel nécessaire... Venez vous y installer?

– Comtesse! Oh! Comtesse... si vous pensez que je puis...

– Puisque je vous l'offre?

– Le comte ne trouvera-t-il pas étrange que vous abritiez un inconnu?

– Le comte, s'il vient, ne sera pas là avant une quinzaine.

⁂

Jamais Nola n'aurai cru à une victoire aussi facile. Logé dans de merveilleuses conditions, nourri à une table de qualité, il prenait les heures ainsi qu'elles venaient, en souhaitant que leur lent défilé ne s'interrompit pas trop vite. En ce qui concernait Mafalda, il ne voulait pas risquer de la blesser et attendait, sereinement, qu'elle fit les premiers pas ou lui offrit l'occasion de les faire. Seule, la domesticité, au début de son séjour, lui montra grise mine en raison de la minceur de son bagage. Il s'en plaignit à la comtesse qui, aussitôt, l'emmena à Olbia et lui acheta une garde-robe complète.

Au soir de ce jour faste, dans la nuit tiède et pleine d'odeurs douces, Mafalda et son hôte, assis sur la terrasse dominant la mer, regardaient les étoiles et prononçaient avec ferveur les remarques banales que débitent presque toutes les personnes contemplant la voûte céleste et nocturne. La comtesse s'attendrissait.

– Umberto, voilà huit jours que nous vivons l'un près de l'autre et, au fond, je ne sais rien de vous.

– A quoi bon? si vous vous sentiez encline à répondre à l'amour fervent que je vous porte, votre curiosité serait légitime, mais...

Elle chuchota :

– Qui donc vous a dit, aveugle, que je ne vous aimais pas?

D'un bond, il fut à ses pieds et lui enserrant les jambes dans son bras, il posa sa tête dans son giron.

– Oh! mon amour... mon amour... je vis les plus belle minutes de ma vie. Dieu devrait me rappeler à lui tout de suite! Jamais je ne serai plus heureux!

Mafalda roucoula :

– Grand fou... c'est vrai ce que vous dites-là?

– Je vous le jure devant toutes ces étoiles! – déclama Fernando qui n'en était pas à un mensonge près.

– Je souhaiterais tant te croire...

– Tu le peux, mon merveilleux amour...

Ils échangèrent leur premier baiser et Nola jugea qu'il avait un peu trop le goût de crème de beauté. Malfada gémit :

– Je m'étais pourtant jurée de ne plus aimer.

– Nous ne sommes pas maîtres de nos sentiments. Moi, aussi, j'étais persuadé que le mot amour était vide de sens.

– Raconte...

Et, comme d'habitude, don Fernandino raconta, car à défaut de scrupules, il avait beaucoup d'imagination. Cette nuit-là, il se surpassa, la perspective de ramasser pas mal d'argent, excitant sa verve. Sa compagne du moment l'écoutait bouche bée.

– Je suis pauvre parce que j'ai toujours senti tellement de choses en moi que je ne pouvais me plier à la discipline d'une société corrompue par l'argent. Je me voulais libre parce que j'étais sûr de ne pas être pareil aux autres...

La comtesse chuchota :

– Tu ne l'es pas, Umberto mio.

– J'ai exercé nombre de métiers dans le but unique d'observer, d'étudier ceux qui se figuraient être mes semblables. J'avais hérité de mes parents une certaine fortune, qui m'a permis de vivre jusqu'à aujourd'hui. Il n'est pas dans ma nature de mendier, je m'étais promis de mourir sitôt que je serais à bout de ressources. Je me suis embarqué parce que je tenais à disparaître dans l'anonymat. Qui se soucierait, en effet, d'un noyé dépourvu de papiers et repêché au large des côtes sardes?

— Tais-toi! Je te défends de nourrir de pareilles idées. Je suis là pour t'aider à vivre.

— Ma chérie...

— Moi aussi, je ne croyais plus à un bonheur possible...

— Pourtant, tu es mariée?

— A un homme qui ne prête plus attention à moi depuis longtemps.

— Ce n'est pas possible!

— Il va de maîtresse en maîtresse. Si je suis seule ici c'est qu'il veut être libre pour s'offrir des vacances avec sa plus récente conquête.

— Alors, en cet instant?

— En cet instant, le comte Giuseppe di Ariano est en France, avec une gamine qu'il a dénichée dans son personnel.

— Il est fou!

— Pourquoi? Il n'est pas le seul à agir de la sorte.

— Peut-être, mais quand on a la chance d'avoir à soi tout seul, une femme de ta classe, qu'espère-t'on trouver ailleurs?

— Sans doute, me voit-il avec d'autres yeux que les tiens. Et puis, je m'en moque, tu es là, tout le reste n'a aucune importance.

— Chérie... pour quelles raisons ne le quittes-tu pas?

— Je suis habituée au luxe. J'ai besoin de beaucoup d'argent. Tu me méprises?

— Te mépriser, moi? comment oses-tu penser d'aussi vilaines choses? Il faudrait que j'ignore ce que c'est que de vivre pauvre pour te blâmer?

Tout naturellement, don Fernandino devint l'amant de Mafalda di Ariano et vécut une existence dorée. La domesticité le moquait, mais s'empressait de le servir. La comtesse n'eut pas supporté qu'on lui manquât et la place était bonne.

***

Pendant ce temps, le commissaire Piediluco s'inquiétait de ne plus avoir de nouvelles de son ennemi. On surveillait la maigre correspondance que Silio recevait en prison. En vain. Le policier s'irritait chaque jour un peu plus et expédiait ses inspecteurs dans tous les azimuts, à la façon du maître d'équipage libérant ses limiers pour trouver la voie du gibier enfui. Egalement en vain. Benito se rongeait de dépit et son teint virait au jaune-verdâtre des hépatiques. Ayant appris que Silio recevait la visite d'une jeune femme, il fit suivre cette dernière et sut ainsi qu'elle s'appelait Bianca Osseluno qu'elle habitait seule dans la via del Colle et qu'elle travaillait en qualité de serveuse dans un restaurant populaire « La Donnola ». Le commissaire la convoqua. Une jolie brunette à l'air éveillé.

– Vous vous intéressez à Silio Osiddi, signorina?

– Oui, signor commissaire. C'est mal?

– Pas nécessairement, mais j'ai le droit d'étre étonné qu'une personne saine, droite, puisse avoir quelque chose de commun avec un garçon qui est – permettez-moi de le dire – un minable, un petit voyou de piètre envergure, incapable, sans doute, de vivre honnêtement et tout aussi incapable de commettre un véritable méfait.

– Silio a besoin qu'on l'aide.

– Ce que vous vous proposez de faire?

– Oui.

– Pourquoi?

– Parce que je l'aime.

– Et lui?

– Je ne sais pas.

– Curieux, non?

– Je connais Silio depuis que j'étais une petite fille. Nous habitions dans le même quartier. Nos parents se fréquentaient, mais j'étais trop jeune pour que Silio fît attention à moi. A cet âge, cinq ans d'écart, c'est énorme. Je crois que j'ai commencé à m'intéresser à lui à force d'entendre ses parents se plaindre de leur garçon, et les miens les plaindre d'avoir un pareil fils. Moi, j'étais sûre que Silio valait mieux qu'on ne le prétendait, qu'il y avait du bon en lui.

— Vous n'ignorez pourtant pas ce qu'il est devenu!
— Je le remettrai sur le droit chemin.
— S'il accepte.
— Il acceptera.
— Signorina, je vous admire et je vous souhaite de réussir. Connaissez-vous Fernando Nola, un grand ami de Silio?
— Je l'ai aperçu une fois ou deux. Il ne me plaît pas.
— Je vous en félicite car c'est un assez vilain bonhomme vivant aux dépens des femmes mûres et romanesques.
— Je suis au courant, Silio m'a parlé de lui. Il l'admire.
— Il a l'admiration facile!
— De cela aussi, je le guérirai.
— Connaissez-vous l'endroit où est Nola, actuellement?
— Non.
— Pensez-vous que Silio soit plus renseigné?
— Je ne le crois pas car à chacune de mes visites, il se plaint de ne rien savoir de lui.
— Signorina Osseluno, nous devons unir nos efforts pour tenter de sauver votre protégé. Il faut le mettre à l'abri de l'influence pernicieuse de Nola. Aussi, je vous demande, dès que vous apprendrez quelque chose sur cet individu, de me prévenir.
— Je vous le promets.

La petite partie, Benito se frotta les mains : il venait de se faire une alliée qui lui serait sûrement très utile et sous peu... Une brave gosse, mais s'amouracher d'un Silio... Fallait-il qu'elle soit sotte! Vieiiles ou jeunes, elles se ressemblaient toutes dans leur besoin de prendre leurs désirs pour des réalités.

***

Bien loin de se douter de ce qui se brassait contre lui à Gênes, don Fernandino coulait des jours heureux à Olbia. Mafalda devenait de plus en plus amoureuse et le séducteur avait de plus en plus de mal à répondre à sa flamme, mais il se sentait si bien dans la somptueuse villa qu'il n'envisageait pas de mettre fin à son séjour. Tous les après-midi, les amants partaient se promener dans une voiture de louage et se croyaient seuls au monde. Chaque fois qu'ils passaient à Olbia, Mafalda achetait à Fernando un bijou pour qu'il se souvint d'elle lorsque le moment serait venu, pour eux, de se séparer. Et puis, dans ce ciel serein, éclata un coup de tonnerre. La comtesse oubliant toute retenue, ne se souciant absolument pas des domestiques entra en coup de vent, un matin, dans la chambre de Nola qui plongea sous les couvertures, persuadé que son amie, affamée d'amour, venait le relancer dans sa retraite.

– Umberto!

Il sortit un œil et gémit :

– Je... je suis fatigué.

– Umberto! vite! habille-toi!

– Mais... mais quelle heure est-il?

– L'heure n'a aucune importance! Giuseppe arrive!

– Nom de Dieu!

– Il faut que tu disparaisses. Je te laisse. Dépêche-toi!

Nola se leva, se lava en quelques minutes, s'habilla, entassa ses vêtements dans les deux valises que Mafalda lui avait offertes. Quand il fut prêt, il gagna le salon où son amie l'attendait.

– J'ai commandé une voiture. Giacomo, un homme qui sait se taire, va te conduire à Siniscola, en deux jours. Là, tu descendras à l'hôtel del Moscone et tu y attendras de mes nouvelles.

– Te quitter ainsi...

– Je ne pense pas que Giuseppe s'installe pour longtemps. Sans doute sa petite amie l'a-t-elle abandonné et il vient se faire consoler. Dès qu'il sera parti, j'irai te rejoindre et nous visiterons la Sardaigne.

Avant de le laisser s'éloigner, la comtesse munit son amant d'un substantiel viatique. Du coup, l'humeur de don Fernandino s'éclaira.

*
**

A Gênes, le commissaire Piediluco remuait ciel et terre pour retrouver la trace de Nola et tous les services de police de la péninsule commençaient à tourner en dérision l'acharnement de Benito, acharnement qui virait, peu à peu, à l'obsession.

*
**

Fernando fit un voyage merveilleux le long de la côte orientale de l'île. Il coucha la première nuit à S. Teodora d'Ovidde où il resta des heures à écouter le ressac de la mer sur les rochers. Il se jouait la comédie de l'abandon et en voulait à Mafalda d'avoir un mari aussi indiscret.

Le lendemain soir, Nola s'installa, comme convenu, au Moscone, à Siniscola. Il était déjà éloigné de près de soixante kilomètres d'Olbia et de la comtesse. Il en avait de la peine.

Au bout de quelques jours, don Fernandino commença à s'ennuyer ferme. Les clients du Moscone – à cette époque de l'année – étaient des gens simples parmi lesquels notre homme ne pouvait trouver de victime. Quant aux servantes, c'était des filles de la montagne, mafflues et au derrière bas. Aucune distraction à espérer de ce côté. Lorsqu'il se sentit à bout de résistance, l'exilé boucla ses bagages, avertit le patron de l'hôtel qu'il s'absentait pour une semaine. Si du courrier arrivait à son nom, on devrait le lui garder.

Fernando, dans la salle à manger du Moscone, avait entendu des clients parler avec crainte d'Orgosolo où le banditisme, à les en croire, était la principale activité de ses habitants. Il résolut de s'y rendre. Il gagna d'abord Bitti, puis Nicoro où il demeura quelques jours. Submergé par l'ennui, Nola commençait à en vouloir sérieusement à Mafalda qui, à cause de son mari, lui gâchait la vie. Il envisageait, de plus en plus, de laisser tomber la comtesse pour retrouver sa Gênes natale qui lui manquait beaucoup.

Un dimanche matin, alors qu'à travers la fenêtre de la salle à manger, don Fernandino regardait la faible animation de la rue principale de la petite ville, il vit passer une voiture ornée de fleurs et tirée par un cheval empanaché. S'étant renseigné, Nola apprit qu'à quelques kilomètres de là, se tenait la foire d'Oliena. Désœuvré, ne sachant plus à quel saint se vouer, il décida de s'y rendre.

– 2 –

A Oliana, Fernando descendit à l'hôtel « del Grappolo dorato ». Il fut agréablement surpris tant par l'accueil qui lui fut fait, que par le charme vieillot et propret de sa chambre. Cela le mit de bonne humeur et il se glissa dans la rue ensoleillée, la joie au cœur. Toute la matinée il erra à travers les éventaires, fit un tour au marché aux bestiaux, s'offrit un déjeuner paysan qui l'enchanta. Après une courte sieste, il repartit le nez au vent.

Il devait être près de quatre heures lorsqu'au détour d'une ruelle proche de la foire, Nola se heurta presqu'à une jeune fille en larmes. Avant de s'inquiéter de ce qui motivait son chagrin, il prit soin de l'examiner. Une brunette du genre chèvre, qu'on devinait nerveuse et prête à fuir à la façon des animaux de la montagne que le moindre écho fait bondir. D'une taille moyenne, la jambe mince, elle semblait avoir un corps de fillette, ce qui changeait heureusement don Fernandino des matrones dont il faisait sa pâture ordinaire.

– Que vous arrive-t-il, signorina?

Ecartant les mains, elle montra un visage pur et beau que les larmes n'arrivaient pas à enlaidir.

– On... m'a... m'a volée...

— Quoi donc?
— Mon porte-monnaie avec tous mes sous... j'avais encore rien acheté...
— Il faut aller voir les gendarmes?
Elle se redressa, effrayée.
— Jamais!
— Pourquoi?
— Si l'on savait que j'ai été chez les gendarmes, je serais déshonorée!
— Ah?
Elle ajouta simplement :
— Dans le pays d'où je viens, on est tous des bandits.
— Orgosolo?
— Dans les environs. Rentrer à la maison sans argent et sans marchandise, mon père risque de me tuer!
— Vous ne pensez pas que vous exagérez un peu?
Elle hocha la tête et soupira :
— Si vous le connaissiez...
— Bon, comme je ne tiens pas à ce que vous mourriez, je vais vous donner l'argent qu'on vous a dérobé, mais à une condition...
— Laquelle?
— Je suis seul et n'ai personne à qui parler... Passez l'après-midi avec moi? On se promènera, on bavardera, on goûtera.
Elle était nettement tentée, mais hésitait :
— Ça me plairait bien, mais si on nous voit ensemble, je serai compromise.
— Nous nous cacherons, ce sera amusant. Comment vous appelez-vous?
— Assunta Macômer et vous?
— Pascuale Amendolaro.
Finalement, Assunta se laissa convaincre surtout lorsque Fernando lui eut remis l'argent promis. Il ne s'agissait que d'une petite somme.
Au début de leur promenade, la petite sauvageonne se montra réticente, puis elle se dérida et témoigna, à son tour, de la plus saine gaieté lorsque Nola l'eut suf-

fisamment distraite par son entrain et sa bonne humeur. Ils se promenèrent, procédèrent aux achats que devait faire Assunta, s'amusèrent de tout, prirent un merveilleux goûter où l'héritière d'une famille de bandits se bourra de gâteaux et but beaucoup trop de Malaga, si bien qu'elle s'assoupit sur l'épaule de Nola que des désirs troubles travaillaient de plus en plus. Il commença par lui caresser doucement le visage et comme elle ronronnait de plaisir, il se risqua à l'embrasser. A la vérité, elle ne réagit pas comme il l'espérait et dut convenir qu'elle était ivre. Se chargeant de ses paquets, il conduisit Assunta jusqu'à la « Grappe dorée » et au bonhomme à qui il demandait sa clef, il crut bon d'expliquer :

– C'est ma nièce... Elle s'est sentie tout d'un coup fatiguée... Je vais la laisser se reposer quelques instants.

Imperturbable, le bonhomme répliqua :

– C'est beau l'esprit de famille.

Quoiqu'il n'eut qu'une très vague notion du bien et du mal, Nola – dans sa chambre – n'était pas fier de la manière dont il se conduisait, avec cette fille aux trois-quarts ivre. Cependant, il était assez cynique pour ne pas sacrifier son plaisir à de vagues scrupules. Toutefois, il eut encore un très léger remords, quans il se rendit compte qu'Assunta n'avait jamais connu d'homme avant lui.

***

Aux environs d'une heure du matin, l'employé qui avait remis sa clef à Fernando, dormait sur sa chaise lorsque, durement secoué, il s'éveilla en sursaut :

– Hein? quoi? en voilà des...

Les mots expirèrent sur ses lèvres quand il vit les nouveaux arrivants : deux colosses au poil noir, au parler rude et avec des battoirs en guise de mains. Celui qui semblait le plus jeune annonça :

– Nous cherchons notre cousine.

– Ah?

– Assunta Macômer.
– Et alors?
– Elle est pas chez vous, des fois?
– Jamais entendu ce nom.

Le plus vieux sortit de sa poche un couteau dont la vue affola l'employé.

– Vaudrait mieux, pour vous, dire la vérité car Fausto et moi, on plaisante jamais avec l'honneur.

– Ecoutez, je...

– Une fille mince, brune, jolie. Est-elle dans cet hôtel, oui ou non?

– Je... je ne crois pas.

Le plus jeune s'enquit doucement :

– Vous le croyez, mais vous n'en êtes pas sûr?
– Pas... pas positivement.
– Pourquoi?

– Parce qu'il y a un étranger – enfin, pas un Sarde – qui est entré avec une fille qui m'a l'air de ressembler à celle dont vous me parlez... Elle m'a paru en tenir une sérieuse.

– Une sérieuse?
– Une bonne cuite.
– Quelle chambre?
– La 7.

Le cadet demanda à l'aîné :

– On y va, Carlo?

Le veilleur de nuit cria :

– Qu'allez-vous faire?
– Carlo sourit :
– Vous ne vous en doutez pas?

Le bonhomme, affolé, bégaya :

– Vous voulez dire que...
– Tout juste.
– Mais pour... pour quelles raisons?

– L'honneur. Et maintenant, sortez-vous de là ou je me fâche pour de bon.

Le vieil homme s'accrocha à la veste de Carlo.

– Je vous en supplie... pas ici... pas dans la chambre...

Fausto intervint :

– Bon... On les emmènera dans la montagne, mais en échange, vous ne nous avez jamais vus.

– Jamais! Ce signor et le signorina sont partis ensemble, sans me confier où ils se rendaient. N'oubliez pas d'emporter la valise, hein?

– On y pensera.

Au même moment, une scène tout aussi dramatique se déroulait dans la chambre 7. Assunta venait de se réveiller et constatant, stupéfaite qu'elle était aussi nue qu'à l'heure de sa naissance, elle promena un regard imcompréhensif sur le décor inconnu qui l'entourait, mais quand ses yeux se portèrent sur l'homme qui dormait à côté d'elle, la mémoire lui revint et, de son poing fermé, elle étouffa le cri d'horreur qui lui montait aux lèvres. Elle se leva, s'habilla rapidement et chercha dans son cabas le poignard qui ne la quittait jamais. Sa morale primitive l'obligeait à supprimer le suborneur pour laver sa honte. Elle s'apprêtait à frapper, lorsque l'ange gardien de don Fernandino réveilla juste à temps son protégé pour qu'il put arrêter le bras meurtrier. Reprenant tout de suite pied dans la réalité, il s'exclama :

– Mais... mais tu allais me tuer!

– Et toi, qu'est-ce que tu m'as fait?

– C'est parce que je t'aime!

– C'est vrai?

– Je te le jure!

– Alors, on va se marier?

Il ne s'attendait pas à cette conclusion. S'il n'y avait pas eu le poignard...

– Na... naturellement.

– Dans ce cas, peut-être que mon père nous tuera pas.

Nola qui déglutissait difficilement, commençait à regretter ses élégantes quinquagénaires, aux mœurs plus policées.

– Parce que ton père...?

– Il plaisante pas avec l'honneur!

– Ça signifie quoi?

– Qu'il tue d'abord et qu'il discute après.

Mais, tonnerre de Dieu, quelle idée avait-il eue de se flanquer dans un guêpier pareil? Alors qu'il était si heureux à Olbia, quel besoin avait-il éprouvé de venir se mêler à ces sauvages? Jamais, il n'aurait dû écouter cette idiote de Mafalda! Après tout, il s'en foutait de Giuseppe di Ariano, tout comte qu'il fut! Pourquoi sa maîtresse n'avait-elle pas, simplement, installé Fernando dans le meilleur hôtel d'Olbia en attendant que son mari ait retrouvé le goût de courir les filles? Et maintenant, l'autre sauvageonne qui prétendait récupérer sa vertu à coups de poignard! Mais en quel siècle vivons-nous, Seigneur! L'urgent était de filer au plus vite pour échapper à Assunta et à son farouche papa.

– C'est vrai que tu m'aimes?

– Je te l'ai déjà juré!

Elle se pelotonna contre son épaule.

– Tu sais que les filles de chez nous n'appartiennent qu'à un seul homme, leur vie entière. Si tu meurs, tu peux être tranquille, je ne me remarierai pas.

– Voilà qui me rassure... et où allons-nous vivre?

– Mais, dans la ferme de papa, bien sûr!

– Bien sûr...

Pendant qu'il la poussait à parler, il s'habillait rapidement.

– ... et, où est-elle la ferme de ton père?

– Dans la montagne, au-dessus d'Orgosolo... sur un plateau où il y a toujours du vent.

– Ça doit être agréable – remarqua Fernando, en train d'enfiler ses souliers.

– Il y a un avantage, on voit venir les carabiniers de loin.

– Tu t'intéresses aux carabiniers?

– Non, c'est eux qui s'intéressent à papa.

– Pourquoi?

– Il en a tué trois ou quatre dans le temps.

L'enfant d'un meurtrier, c'était le bouquet! Refermant sa valise, Nola remarqua :

– En somme, tu es la fille d'un assassin.

Assunta répliqua fièrement :

– Pas d'un assassin, d'un bandit! – et avec tendresse, elle s'enquit – ça t'empêche pas de m'aimer, au moins?

– Ben, voyons!

Ce qui importait, au premier chef, c'était d'endormir la méfiance de la petite.

– Qu'est-ce qu'on fera dans la ferme de ton père?

– Tu garderas les moutons.

– Ce sera charmant! A présent, je descends demander à l'hôtelier de me procurer une voiture pour nous rendre chez toi.

– Mais y a pas de route!

– Ah?... et comment gagne-t'on la ferme de ton père?

– A pied.

– C'est plus sain, en effet.

– Ou à dos de mulet si on est assez riche pour en acheter un. Nous, on n'a jamais pu.

– Eh bien! je file en acheter deux. A tout de suite!

Avant qu'elle ait répondu, Fernando ouvrait la porte et reculait devant les deux affreux qui se tenaient sur le seuil. Il appela Assunda à la rescousse.

– Qu'est... qu'est-ce que c'est que... que ceux-là?

Tremblante, elle gémit :

– Carlo et Fausto, mes cousins. Nous sommes perdus!

– Pou... pourquoi?

– Ils vont nous tuer et mon père les approuvera.

– Nous tuer! En voilà une autre! Mais vous n'avez pas le droit! je refuse!

Sans lui prêter attention, Carlo interrogea Assunta :

– Tu as couché avec lui?

– Oui.

– Alors, tu connais la loi?

Elle ne répondit pas, se contentant d'incliner la tête et Nola vit le colosse s'avancer vers la petite, couteau au poing. Fausto intervint :

– Une minute, Carlo. Assunta, c'est de ton plein gré que tu as partagé la couche de cet homme?

– Il m'avait fait boire.

– Il mourra donc lui aussi – et, aimablement, il expliqua à don Fernandino – D'habitude, nous n'égorgeons que la fille, mais quand il est prouvé qu'elle a été victime d'une machination, nous égorgeons également son complice. C'est juste, non?

Nola était dans l'incapacité de soutenir une discussion sur quoi que ce soit avec qui que ce soit. Dans son cerveau à la dérive, il essayait de comprendre par quel enchaînement, il se trouvait, lui, le garçon ennemi du moindre effort, appréciant les douceurs de l'existence, en danger d'une mort ignominieuse dans une chambre banale au cœur d'un hôtel inconnu dans une ville dont il ne soupçonnait pas l'existence quelques jours plus tôt. Au moment où Fausto s'approchait de lui, il s'écria, désespéré :

– Mais pourquoi ne voulez-vous pas qu'on se marie?

Les cousins s'arrêtèrent pile, s'interrogeant du regard, puis Fausto – qui semblait moins épais intellectuellement que son aîné – interrogea Nola :

– Tu veux marier Assunta?

– On s'est promis l'un à l'autre!

– C'est vrai, Assunta?

– Oui, par le Christ!

Les cousins de la petite hésitaient. Carlo s'adressa au suborneur :

– Comment tu t'appelles?

Assunta répondit pour Fernando :

– Amendolaro... Pascuale Amendolaro.

Fausto ordonna à Nola :

– Montre-moi tes papiers.

– C'est-à-dire que...

– Tes papiers?

– Il faut que je vous explique...

– Tes papiers!

Lorsque l'homme qui ne savait pas lire, tendit le portefeuille à Assunta, don Fernandino crut tout de bon que sa dernière heure était venue, mais la jeune fille était plus maline qu'il ne l'aurait crue... Elle s'exclama :

— Seigneur! J'ai confondu avec l'homme qui voulait me vendre un mulet. Lui (et du doigt, elle montra Nola) c'est Fernando Nola.

Carlo s'étonna :

— Pourquoi il le disait pas?

Celui qui, pour les Sardes, était presqu'un habitant d'une autre planète, s'exclama :

— Vous me flanquez tellement la trouille que je sais plus où j'en suis!

Les cousins rirent de cet aveu qui leur était un hommage et Fausto conclut :

— On va vous mener au vieux, il décidera ce qu'il faut faire. En route!

Quand la troupe passa devant la réception de l'hôtel, l'employé lui sourit :

— Je savais que vous étiez des gens biens.

On ne daigna pas lui répondre. Dans la rue, Carlo se plaça derrière Nola en l'avertissant :

— Tâche de rester tranquille, sinon je te plante mon couteau dans le dos.

***

Tandis qu'il grimpait, en haletant, des sentiers qu'il se figurait réservés aux chèvres, don Fernandino exécutait un triste retour sur lui-même. Non pas qu'il éprouvât le moindre regret de sa vie dissolue, mais seulement la honte de s'être laissé piéger par une représentante de ce sexe qu'il avait toujours tenu pour un gibier sans défense, réservé aux chasseurs de son espèce. Loin de voir dans son malheur présent, un effet de la colère divine pour ses péchés passés, il s'en voulait de sa sottise et haïssait à mort cette Assunta dont la fine silhouette, loin devant lui, se détachait sur le bleu profond du ciel.

Les pieds, surtout, le faisaient souffrir. Il y avait deux heures que la bande grimpait à travers un paysage assez désolé où, de loin en loin, tapies dans des creux, apparaissaient des masures. Nola suggérait qu'on s'y arrêtât un moment pour reprendre haleine, mais toujours, l'un des frères expliquait :

– Impossible. Ce sont des ennemis. Si on approchait, ils nous recevraient à coups de fusil – ou bien : – pas question de demander quoi que ce soit aux Senorbi, nos familles se parlent pas depuis près de cent ans.

– Pourquoi?

– On a oublié.

A midi, Nola titubait, sur ses pieds meurtris. Carlo l'avait débarrassé de sa valise. On fit halte dans une combe où poussait un peu d'herbe autour d'une flaque d'eau, venue on ne sait d'où. Un pan de mur noirci témoignait de la présence ancienne d'une maison. Alors qu'ils mangeaient un morceau de fromage de brebis, dur comme une pierre et qu'il fallait laisser fondre dans la bouche, dans l'impossibilité où on était de le broyer entre les dents – en l'arrosant d'un vin rouge aigrelet qui vous vrillait l'estomac, Fausto, montrant le pan de mur, déclara :

– Ici, habitaient les Samugheo, le père, la mère, les deux fils et la fille.

– Ils sont partis?

– Si on veut. On les a tous tués.

– Oh! on sait qui a fait ça?

– Notre père et celui d'Assunta.

– Mais enfin, on ne massacre pas les gens sans raisons!

– Oh! des raisons, y en avait de bonnes...

Carlo prit le relais.

– Agnesa Samugeheo avait été séduite par le plus jeune des frères d'Assunta, Emilio. Sans lui demander la moindre explication, les trois Samugheo l'ont guetté un jour qu'il se rendait à Orgosolo et l'ont abattu. Puis, ils ont, de nuit, porté son cadavre et celui de leur propre fille qu'ils avaient assassinée, devant la porte de l'oncle. Le vieux n'a rien dit. Il est allé chercher son frère et ils ont enterré les morts.

– Ils n'ont pas réagi?

Fausto se mit à rire.

– L'oncle et le père réussirent à s'approcher

en rampant de la grange des Samugheo et ils y ont mis le feu. C'était l'heure de la sieste. Quand les autres se sont aperçus de l'affaire, il était trop tard : tout flambait. Il ont été tués les uns après les autres, au fur et à mesure qu'ils sortaient de la maison en flammes. Y a que la vieille qu'a pas voulu quitter sa chambre.

– Et alors? – s'enquit Nola, d'une voix étranglée.

– Elle a grillé, tiens! Ah! c'était des hommes, l'oncle et le père!...

Fernando s'adressa à la jeune fille.

– Tu... tu approuves cette tuerie?

– C'était pour l'honneur.

Don Fernandino sentait son poil se hérisser. Il fermait les yeux, imaginant qu'il vivait un cauchemar et qu'il allait se réveiller dans une de ces couches douillettes où il avait pris la douce habitude de s'installer le plus souvent possible. Hélas! il savait qu'il ne pouvait oublier la réalité et la réalité, c'était ces deux colosses à la cervelle épaisse qui semblaient ne penser qu'à massacrer leurs contemporains, cette fille qui maniait le poignard à la façon d'un assassin chevronné et, pour arranger le tout, ce vieux tueur qui les attendait dans son repaire des hauts plateaux. Déprimé, le pseudo-amoureux d'Assunta se persuadait – sous l'empire de la fatigue et du dépit – que le patriarche, avec l'aide de ses neveux et, peut-être de sa fille, le saignerait comme un porc après lui avoir infligé Dieu sait quel supplice!

Sur un grognement guttural de Carlo, il fallut se remettre en route. Fausto dut soutenir le prisonnier qui manqua s'évanouir lorsqu'il se retrouva debout. Son premier pas lui arracha un gémissement et des larmes coulèrent sur ses joues. Les deux frères le regardaient en souriant avec mépris. Assunta paraissait indifférente. Sans doute, habituée, dès l'enfance, à courir à travers cette solitude sauvage, ne pouvait-elle comprendre un épuisement dont la cause lui échappait. Nola berçait sa souffrance en se perdant dans des rêves d'évasion et de vengeance. Dans ce pays désert, si on lui accordait la vie sauve, il s'échapperait et irait trouver les carabiniers. Il leur raconterait ce qu'il avait subi et la façon dont avaient fini les Samugheo. Emporté par sa fureur vengeresse, Fernando demanda :

– Et les carabiniers?

Carlo s'arrêta, se retourna, toisa le questionneur.

– Quoi, les carabiniers?

– Après l'histoire de Samugheo, ils ne sont pas venus?

– Si... toute une compagnie... On en a descendu six... et les autres ont préféré rentrer dans leur caserne.

– Alors, chez vous, on peut assassiner son prochain, sans rien craindre de la police?

– A condition de ne pas se risquer en ville : mon père est mort et l'oncle, il y a seize ans qu'il est pas sorti de chez lui.

La montée reprit, un véritable calvaire pour Nola. Il n'en pouvait vraiment plus et, de temps à autre, fourbu, il tombait. Alors, un des deux frères le remettait debout et, d'une bourrade, l'obligeait à repartir.

A droite, au loin, on apercevait le mont Nuschele et, à gauche, les montagnes du Gennargentu. Mais Fernando était dans l'incapacité de s'intéresser à la beauté sévère du paysage.

Dans le milieu de l'après-midi – le prisonnier soutenu par ses vainqueurs – le quatuor déboucha sur un immense plateau désertique où soufflait un vent froid, où poussait une herbe rare sous un ciel bas. Dans son cerveau enfiévré, le malheureux Gênois, par opposition au spectacle qu'il avait sous les yeux, s'enfonça dans ses beaux souvenirs de jardins où guettaient sa venue, des proies à qui l'âge n'avait rien fait perdre de leur ingénuité.

Dans une sorte de faille peu profonde, du plateau, les voyageurs découvrirent une maison délabrée. Un énorme chien sans race vint aux devants d'eux. Il frétilla de la queue en reconnaissant les arrivants. Seul,

Nola suscita sa méfiance et ses grondements. Carlo cria :

– Oh! Espada!... C'est nous! Carlo et Fausto! On ramène Assunta!

Au bout d'un instant, un bonhomme – si tordu qu'il ressemblait à une racine – apparut, un fusil à la main.

– Bienvenue, fils!

Quand ils furent près de lui, Fernando se convainquit que le vieux avait, vraiment, l'air mauvais. Sous ses sourcils broussailleux, ses petits yeux cruels évoquaient une bête de proie. Il montra Assunta.

– Où l'avez-vous trouvée?

Carlo répondit :

– Cachée avec celui-là, dans un hôtel.

– Pourquoi vous les avez pas tués?

Fausto expliqua :

– Parce qu'on était en ville.

– Et dans la montagne?

– On aime bien Assunta.

– On n'a pas le droit d'aimer les garces. Assunta, mets-toi à genoux et récite tes prières. Toi aussi, l'homme, si tu as de la religion.

– 3 –

Son cerveau bloqué, refusant de croire à la réalité du moment, empêchait Nola d'être la proie d'une terreur panique. On était au vingtième siècle, que diable! et on ne pouvait pas de sang-froid, et en toute impunité, assassiner quelqu'un qui ne vous avait rien fait, quelqu'un qu'on ne connaissait pas! Fernando oubliait qu'Assunta allait mourir à cause de lui. Plus qu'au vieux Macômer, s'apprêtant à l'expédier dans l'autre monde, il en voulait à toutes les femmes et plus particulièrement à Mafalda et à Assunta, causes directes de son malheur.

Au moment où Sandro levait son fusil, Fausto rabattit l'arme.

– Je te laisserai pas tirer sur Assunta, l'oncle.

Le bonhomme lui jeta un regard mauvais.

– Tiens donc! et de quel droit?

– Assunta n'est pas coupable, il l'avait fait boire.

Macômer demanda à Carlo.

– Vrai?

– Oui.

– Bon, on l'enverra dans un couvent de cloîtrées et l'autre salaud, je le tue!

Cette fois, ce fut Assunta qui, se relevant, se lança sur son père qu'elle secoua en criant :

– Il veut m'épouser! Tu compreds! il veut devenir mon mari!

– Non!

– Alors, n'écoute pas ce que dit Fausto et tue-moi avec celui qui m'aime! comme ça, n'ayant déjà plus de fils, tu n'auras plus de fille! et jamais de petits-enfants et tu crèveras, seul, comme une bête malfaisante que tu es!

– Tais-toi, garce!

– Non, je ne me tairai pas! Tu as déjà tant de crimes sur la conscience que tu peux en ajouter à la liste, que tu montreras au Seigneur quand tu te présenteras devant Son tribunal, les mains pleines du sang des tiens!

Cette allusion à sa mort prochaine, refroidit d'un coup, l'ardeur meurtrière du patriarche.

– Je devrais te rosser pour oser me parler sur ce ton, fille dénaturée! Carlo, enferme cette canaille d'étranger dans l'écurie, et toi, Assunta, dépêche-toi de nous préparer de quoi manger!

***

Etendu sur une paille maigre et malodorante, Fernando ayant enlevé ses chaussures, mais pas ses chaussettes que le sang collait à sa peau, remâchait son amertume et pleurait sur son sort. Revivant les années passées, il n'éprouvait pas le moindre remords à l'égard des femmes qu'il avait bernées et escroquées. Il jugeait normal que ces créatures riches l'aidâssent à bien vivre. Il envisageait ses canailleries pseudo-sentimentales comme une sorte de troc où chacun donnait ce qu'il pouvait donner. Puis il pensa à Silio qui ne saurait jamais ce qu'il était devenu et prendrait son absence pour un abandon. La seule petite lumière dans cette nuit était la perplexité du commissaire Piediluco qui, jusqu'au terme de sa carrière s'interrogerait en vain sur le sort de son ennemi. Saoul de fatigue et de désespoir, Fernando finit par s'endormir.

Le prisonnier fut réveillé par la douceur d'un baiser. Nola crut d'abord qu'il rêvait tant le visage d'Assunta, dans la chaude clarté de la lanterne, qu'elle élevait au-dessus du blessé, lui donnait une douceur inattendue.

– Comment te sens-tu, mon Fernando?

– Mal en point.

– Il ne faut plus avoir peur, mon père ne te tuera pas.

– Bien aimable de sa part.

– Je t'ai apporté à manger et à boire.

Si Nola croyait se régaler, il dut vite déchanter. Il eut droit, en tout et pour tout, à un morceau de jambon qui datait, jugea-t-il, de la découverte de la Sardaigne, d'une purée de châtaignes à l'eau et vaguement aromatisée avec un peu de lait de brebis un peu sûr, le tout arrosé d'une piquette dont le prisonnier estima qu'il n'était pas possible qu'elle ne lui perforât point la paroi stomacale.

– C'est tous les jours comme ça?

– Sauf quand un mouton se tue dans les rochers ou que le père abat quelque chose. T'aimes pas?

– Il faudrait que je sois difficile. Je vais vivre ici, sur la paille?

– Non. Tu viendras dans mon lit dès que nous serons mariés.

– Ah? Parce que nous allons nous marier?

– N'est-ce pas ce que tu souhaitais? Mes cousins repartent demain matin pour ramener le prêtre que mon père connaît bien.

– Assunta... Tu n'as pas pensé que je pourrais me sauver?

Elle secoua la tête en souriant.

– C'est impossible.

– Pourquoi?

– Parce que je t'aime et que tu m'aimes. Et puis, il y a Spada... le chien. Il ne te laisserait pas filer. Maintenant, reste tranquille, je vais chercher de l'eau chaude pour te soigner les pieds. Spada te tiendra compagnie.

Elle partit et le chien vint se coucher auprès de Fernando. Une bête monstrueuse, qui pesait sûrement plus de quarante kilos, avec une mâchoire effrayante et des crocs à vous donner le frisson. Un regard jaune et froid. Don Fernandino estima que toute tentative de rapprochement entre lui et Spada était, d'avance, vouée à l'échec.

Le Gênois souffrit encore beaucoup quand Assunta, ayant décollé ses chaussettes, lui lava les pieds à l'eau chaude. Lorsqu'elle eut terminé, elle passa sur les plaies une sorte de pommade brune qui puait étrangement.

– Qu'est-ce que c'est?

– Un mélange d'argile, d'huile et de fiente de mouton.

Nola ne peut se tenir de rire en songeant à Mafalda, à Laura, à Emilia, à Tosca et à la tête qu'elles feraient si on leur apprenait que leur amant, avant de s'endormir, se parfumait les pieds à la fiente de mouton. Au moment de quitter son fiancé, Assunta remarqua :

– Même si tu avais envie de partir, tu ne le pourrais pas avec tes pauvres pieds. Mais tu n'as pas envie de partir, n'est-ce pas, mon chéri?

– Bien sûr que non.

Il l'aurait volontiers étranglée, sans la présence du chien.

Resté seul dans la nuit de l'étable, Fernando pleurait sur son sort. Quel idiot il avait été de prendre ce bateau, partant pour la Sardaigne alors qu'il aurait pu se rendre en Afrique du Nord! Il s'était sauvé pour échapper à la prison que lui promettait le commissaire Piediluco et voilà qu'il se retrouvait dans une prison encore plus inconfortable que celle que lui destinaient les policiers gênois. Mais il ne resterait pas dans cette cage puante! Il n'allait tout de même pas accepter d'être retiré du monde civilisé, par une poignée de sauvages! On ne le surveillerait pas tout le temps, en dépit des crocs de Spada, du fusil du vieux et de l'hostilité de la nature, il échapperait à ses geôliers! Il s'endormit en rêvant d'évasions heureuses.

Au matin, Assunta – en poussant la porte de sa geôle – réveilla son bien-aimé. Elle examina ses pieds et s'en déclara satisfaite.

– Je t'ai apporté ton déjeuner.

Elle lui tendit un bol de lait et un quignon de pain de seigle qu'il dut faire tremper longuement pour arriver à le mâcher.

– Père t'attend.

– Pour quoi faire?

– Il veut te parler.

– Je n'ai rien à lui dire!

Assunta chuchota :

– Chéri, il vaudrait mieux, pour toi, que tu l'obliges pas à venir te chercher.

⁂

En s'appuyant sur l'épaule de la jeune fille, Nola gagna, en chancelant, la pièce où se tenait Macômer, une pièce basse de plafond, enfumée, avec un âtre où l'on pouvait rôtir un mouton entier, un fauteuil perdant son rembourrage et dont la brièveté d'un pied était compensée par une pierre. Une longue table, cinq ou six chaises, un buffet. Le prisonnier portait les gros souliers du fils Macômer dont, la veille, il avait appris la fin tragique. Fernando fut frappé – et pas du tout rassuré — par l'aspect du bonhomme. De son visage marqué par l'âge et la saleté, jaillissait un nez crochu. Les méplats saillaient dans la figure amaigrie et les yeux étaient difficiles à voir au fond des orbites creuses. Un vieux qu'il était difficile de juger sympathique.

— Assieds-toi, l'homme!

Nola obéit. Macômer l'observa longuement et conclut :

— Tu ferais un beau mort.

Don Fernandino eut du mal à déglutir.

— Alors, comme ça, paraît que tu t'es amusé à violer ma fille?

— C'est-à-dire...

— Tais-toi quand je cause! J'aurais encore des fils que tu serais déjà enterré, mais j'ai plus de fils... Mon aîné, Attilio, s'était fait bandit. Il réussissait bien et puis les carabiniers l'ont tué près d'Orgosolo. Alors, son cadet, Salvatare, a voulu passer du bon côté, à ce qu'il prétendait, et il est devenu carabinier. Les bandits l'ont abattu dans la montagne au-dessus de Gavoli et il a fallu que mon derniers fils se fasse descendre par ces salauds de Samugeho... C'est pour ça que je t'ai pas flanqué un coup de fusil dans le ventre, hier soir quand les petits t'ont amené. Assunta peut pas tout faire. Alors, tu vas te marier.

— Je voudrais...

— T'as rien à vouloir. Tu obéis ou je te tue. C'est simple, non?

— D'accord.

— Demain, sitôt que vous serez mariés, Assunta et toi, tu t'installeras dans sa chambre et tu te débrouilleras pour vite me donner un petit-fils, si tu tiens pas à ce que je me fâche pour de bon.

Nola, écoutant le vieux, avait vraiment l'impression de vivre dans un monde oublié, comme si un caprice du hasard l'avait fait passer, à l'improviste, dans un autre temps que le nôtre.

— Après-demain, tu commenceras d'aller garder les moutons avec Spada.

— Les moutons, moi?

— Te figures-tu que tu es en vacances, ici? J'ai besoin de toi pour remplacer mes fils et tu vas travailler dur.

Le vieux eut un rire qui rappela à Nola le grincement d'une poulie rouillée.

— Il faut mériter l'honneur de devenir un Macômer. Assunta, ramène-le à l'étable. Repose-toi bien, l'homme, car tu auras bientôt besoin de toutes tes forces.

— Dites donc, j'ai un nom!

— Pas pour moi. Va-t'en!

De retour sur sa paille, Fernando jugea que le vieux Macômer était un asocial dont il ne pouvait rien espérer. Il allait épouser cette idiote d'Assunta parce qu'il lui était impossible de faire autrement sous peine de pourrir dans un trou creusé dans le sol aride de ce pays perdu de Dieu, mais il considérait que de telles épousailles n'avaient aucune valeur puisqu'il n'était pas libre de les refuser. Il résolut de tout endurer, en consacrant son attention à la possibilité d'une évasion. Assunta ne comptait pas. Le vieux devait dormir quelquefois, de même que Spada. Ragaillardi par les perspectives d'une liberté qu'il voyait prochaine, Nola s'amusait à rêver au moment où il raconterait son aventure à ses futures belles victimes. Il était certain d'obtenir un succès qui le dédommagerait de ce qu'il endurait pour le moment. Tout de même, il n'imaginait pas qu'il y ait eu beaucoup de gens de sa classe qui aient passé la nuit précédant leur mariage, dans une étable sentant furieusement le suint.

Alors qu'il rêvait aux heures voluptueuses, vécues, savourées avec Mafalda, qu'il ressentait sur ses lèvres l'ardeur des baisers de Tosca, la douceur des caresses de Lydia, on le secoua brutalement pour l'arracher à ce paradis de plaisirs tendres et paisibles. C'était cette casse-pieds d'Assunta qui paraissait très excitée.

— Lève-toi vite, mon amour!

– Pourquoi? qu'est-ce qu'il y a? ton père est mort?

La jeune fille se signa en s'exclamant :

– Dieu garde!

– Alors, laisse-moi tranquille! c'était la seule bonne nouvelle qui aurait pu me donner de l'entrain.

– Fernando, aurais-tu déjà oublié que c'est aujourd'hui que je dois devenir ta femme, et toi mon mari?

– Alors, ce n'était pas une blague?

– Comment peux-tu dire une chose pareille, mon amour?

– Je suis sale, mes vêtements sont en loques et je pue. Bien pour un jeune marié, non?

– Je vais t'aider à te laver et tu as du linge propre dans ta valise.

Nola essaya de convaincre sa fiancée.

– Ecoute-moi, Assunta... Enfin, nous ne pouvons pas nous marier dans ces conditions?

– Pourquoi?

– Parce qu'un mariage, ce doit être une cérémonie importante, à l'église, à la mairie, avec beaucoup de fleurs, beaucoup d'amis et une grande réception pour terminer ce beau jour.

– Je le voudrais, mais ce n'est pas possible, nous sommes trop pauvres, trop loin de tout.

– Et puis, parce que les carabiniers sont à l'affût.

– Aussi, oui?... Mais si on s'aime, Fernando, est-ce que tout le reste a de l'importance? On aura le padre Perdasdelogu qui habite un petit village, du côté d'Olzal et il amènera le maire avec son registre. Ascanio Marrùblu est un ami de mon père. Ils ont été bandits ensemble et ils ont tué leur premier carabinier le même jour.

– Et il est maire?

– Oui. Ça t'étonne?

***

Le padre Perdasdelogu ressemblait à un épouvantail. Encore n'aurait-on pu l'employer à cette fin car, à sa vue, les oiseaux eussent été frappés d'une crise cardiaque. Il était très grand, décharné, des mains qui avaient l'apparence de serres démesurées, des pieds qui n'en finissaient pas, une soutane élimée à reflets verdâtres. De plus, l'abbé semblait très sale et sentait très, très fort. Quant à Ascanio Marrùblu, c'était un petit homme chauve dont l'âge ne paraissait pas avoir ralenti la vivacité. Cependant, la fatigue de la course l'avait marqué. Pour les cousins – Carlo, Fausto – ils se montraient apparemment en pleine forme et tout aussi dangereux que l'avant-veille. Sandro Macômer s'était rasé et tous ces gens, quoique la matinée fut à peine commencée, buvaient une bouteille de grappa que le maire avait apportée. A la vue de Nola qui, dans son linge propre et son costume repassé, montrait belle allure à part les sandales crasseuses qu'il avait aux pieds, (étant dans l'impossibilité de remettre des chaussures), le curé poussa un sifflement d'admiration, et Marrùblu s'exclama :

– C'est un signore que tu maries, Assunta! Félicitations!

Dans sa petite robe noire qu'elle portait lors de sa rencontre avec Nola, la fiancée avait l'air d'une pensionnaire d'un orphelinat citadin. Le curé repoussa sa chaise.

– Alors, on y va? puisqu'on est là pour ça. Seulement, vous avez pensé aux bagues?

Sandro donna celle de sa femme à Assunta et une en aluminium, achetée autrefois dans une fête de village, à Fernando. Le prêtre dit ce qu'il avait à dire, à une vitesse record et quand il demanda au Gênois s'il acceptait de prendre Assunta pour épouse, ce dernier n'osa pas répondre non. Après que le padre eut uni les deux jeunes gens, Marrùblu procéda au mariage civil avec les frères-cousins comme témoins. Don Fernandino se voyait pris dans une masse dont il lui serait difficile de sortir, mais il avait suffisamment confiance dans son étoile – qui pour l'heure subissait une légère éclipse – et dans son intelligence pour être persuadé qu'il y parviendrait.

La chambre d'Assunta ressemblait beaucoup plus à une cellule monastique qu'à un douillet refuge pour de nouveaux mariés. D'ailleurs, tout au cours de cette nuit, tantôt les cousins, tantôt le maire, voire le curé, poussaient la porte sans serrure pour constater si le jeune époux se comportait convenablement. Si Assunta ne semblait absolument pas gênée par ces intolérables intrusions, Nola devenait fou furieux. A quatre heures du matin, ce fut le vieux Macômer qui s'amena. Il frappa rudement sur l'épaule de Fernando. Ce dernier souleva une paupière lourde et fut un temps avant de reconnaître son beau-père. Quand il fut bien certain qu'il avait affaire à Sandro, il jeta un coup d'œil à sa montre et hurla :

– Quatre heures! Mais, c'est pas vrai?

– Les petits viennent de repartir avec le padre et Marrùblu. Ils les raccompagnent. Ces deux canailles ont tellement bu que si on les avait laissés filer seuls, ils risquaient d'aller jusqu'à Cagliari. Il faut qu'on aille voir où sont les moutons.

Nola s'enfonça sous les couvertures.

– Je me fous des moutons et de vous par-dessus le marché!

– Non mais, dis donc, espèce de fainéant, tu crois pas que je vais te nourrir à rien faire?

– Merde!

– On va voir ça!

Le vieux quitta la pièce, tremblant de colère. Assunta redoutait la suite des événements.

– Tu sais pas de quoi il est capable!

– Il ne va pas me bouffer tout cru, non?

– Te bouffer, non, te tuer, oui.

– On sera deux!

Cependant, au fond de son cœur, Fernando n'était pas très rassuré. Avec ces fous, on pouvait s'attendre à n'importe quoi. Il avait raison, car quelques minutes plus tard, Macômer réapparaissait, mais avec son fusil dont il donna un furieux coup de crosse dans les reins de son gendre qui crut, sur le moment, avoir été cassé en deux. Puis la fureur galvanisa le Gênois et sans se soucier du péril affronté, il flanqua, de toutes ses forces, son poing droit sur le nez de son adversaire qui s'effondra. A cet instant, une douleur aiguë, mais légère chatouilla le flanc de Nola. C'était Assunta et son poignard.

– Ne touche jamais au père, ou je te tue!

– Je croyais que tu étais ma femme?

– Je suis sa fille depuis plus longtemps!

– C'est bon.

Fernando ramassa ses affaires et retourna dans son étable où on lui fichait la paix. Vers midi, il se réveilla, affamé et partit, en quête de nourriture. En entrant dans la grande salle, il remarqua qu'on n'avait mis le couvert que pour deux. Assunta lui apprit que chez les Macômer, on ne nourrissait pas ceux qui ne travaillaient pas. Le vieux Sandro, le fusil au poing, confirma les dires de sa fille et ajouta :

– T'avise jamais, cochon d'étranger, de lever encore la main sur moi! T'as eu de la chance que les petits ne soient pas là, ils t'auraient écartelé!

– Personne ne vous a jamais dit que vous étiez aux trois quarts fou et que vous avez fait de votre fille une névrosée incapable de vivre à la façon d'une vraie femme?

– Et toi, on t'a jamais dit que toucher à un Macômer, c'était signer son arrêt de mort?

– Imbécile!

Nola se pencha en travers de la table pour attraper le pain. Assunta cria :

– Touche pas!

Celle-là, elle confondait un peu trop son père et Dieu! Déjà, il tenait le morceau de pain convoité, lorsqu'un fracas assourdissant – au milieu duquel se ficha le cri aigu de la jeune femme – emplit la pièce et le Gênois crut, tout de bon, qu'une bombe venait de lui éclater dans le dos et qu'il avait le derrière brûlé. Demeurant à plat ventre sur la table, il porta une main tremblante à son postérieur et la ramena pleine de sang. Les yeux exorbités, Assunta le contemplait. Fernando dit :

– Il m'a assassiné...

En poussant sur ses bras, il réussit à se retourner. Un rictus mauvais aux lèvres, sa pétoire encore fumante entre les mains, le vieux ricanait :

– Alors, t'as encore envie de me voler, l'homme?

– Vous... je vous tuerai pour ce que vous avez fait...

– Bah! un peu de plomb – même un peu gros – n'a jamais mis un type solide hors de combat! Mais toi, tu dois être une mauviette!

Soutenu par son épouse, Fernando grimpa jusqu'à la chambre conjugale où il se laissa tomber sur le lit, côté face.

– Tu souffres?

– Je pense bien que je souffre avec mes fesses transformées en passoire! Je démolirai ton dingue de père!

– Non! tu ne feras pas ça! Tu ne veux quand même pas m'obliger à te tuer?

– Je croyais que tu m'aimais?

– Je t'aime, Fernando, mais il y a l'honneur... J'ai plus de frères, je dois les remplacer. Laisse-moi enlever ton pantalon. Seul, t'y arriveras pas...

Humilié, pleurant de rage et de souffrance, Nola se laissa déshabiller et quand Assunta eut, sous les yeux, le spectacle de cette paire de fesses ressemblant à un clafoutis, elle ne put se tenir de remarquer :

– C'est pas beau...

*
**

Bien plus tard, le Gênois se souvenait des semaines ayant suivi sa blessure comme d'un cauchemar où il ne pouvait plus séparer la réalité du rêve. Au lendemain de l'agression dont il avait été victime, Assunta était partie chercher du secours. Pendant ce temps, son mari restait au lit, le derrière au vent car il ne pouvait supporter le contact d'un linge ou d'un drap sur cette partie de son corps affreusement tuméfié. Deux ou trois fois, son beau-père était monté le voir. Il s'approchait du lit et rigolait stupidement, ce qui mettait Fernando hors de lui.

— Ça vous amuse, hein?

— Je vois pas pourquoi ça me ferait de la peine...

— Mais je souffre, espèce de brute!

— T'avais qu'à pas te conduire mal avec Assunta!

— Je ne l'ai quand même pas violée!

En réponse, Macômer, outré, donna une grande claque sur les fesses endolories de son gendre, ce qui arracha à ce dernier un hurlement d'agonie.

— Je t'apprendrai à causer de cette façon de ma fille!

— Nom de Dieu! quand je pourrai me lever, je jure que je vous étranglerai, sale corbeau!

— C'est pas demain la veille!

Avant de sortir, le vieux ajouta :

— Ça fait rien, vous avez de drôles de manières, vous autres, les étrangers : montrer son cul à tout le monde, c'est pas dans nos habitudes.

Dans l'après-midi, Assunta revint avec un homme solide, crasseux et l'air rébarbatif. Il se pencha sur l'anatomie de Nola, l'examina, se releva pour décréter ter :

— Il s'est pas fichu de vous celui qui vous a expédié ce plomb. Il y a mis le paquet. Bon, eh bien, je vais vous enlever ça... Assunta, tu as de l'eau-de-vie?

— Bien sûr...

— Va m'en chercher, elle servira de désinfectant.

Le bonhomme sortit de sa saccoche, un poignard effilé.

— Il remplacera le scalpel. Va falloir serrer les dents, jeune homme.

Les mains sales, les ongles noires ne rassuraient pas le blessé.

— Vous... vous êtes... médecin?

— Vétérinaire.

— Oh!

— Ça vous gêne?

— C'est-à-dire...

– C'est-à-dire, fils, qu'à part la forme et la peau, vos fesses ne sont pas différentes de celles d'un mulet. Pour moi, le boulot est le même, sauf que vous êtes sûrement plus douillet que mes clients à quatre pattes.

Durant plus d'une heure, Fernando endura le martyre. Sandro Macômer lui immobilisait les jambes et Assunta, pratiquement assise sur ses épaules, l'empêchait de bouger. Pendant ce temps, de la pointe de son poignard, le vétérinaire fouillait les plaies pour en extraire les plombs, après quoi, il y versait de l'alcool. Dans son cerveau en feu, le Gênois se prenait pour Ste Blandine que les Romains avaient assise sur une chaise rougie au feu. En plein délire, il voyait Mafalda, dans un moment de grande intimité, contempler son côté pile et lui demander, surprise :

– Vous avez eu la petite vérole, à cet endroit-là?

***

Le Noël de 1894 fut le premier et le dernier que Nola passa à plat ventre. Le froid qui sévissait sur le pays et celui qui régnait dans la maison contribuèrent à la cicatrisation des plaies. Au début de janvier, Fernando put, avec l'aide d'Assunta – et vêtu d'une chemise lui descendant à mi-mollet – effectuer ses premiers pas sans pouvoir, pour autant, descendre l'escalier, les mouvements exigés menaçant de rouvrir les blessures à peine fermées. Ce ne fut que vers la mi-janvier que le Gênois put supporter un pantalon et mener une existence presque normale. La première fois qu'il se montra dans la salle basse, Macômer s'écria :

– Alors, c'est fini ces vacances!

En dépit de sa faiblesse, Nola faillit lui sauter dessus, mais l'autre lui braqua son fusil sur le ventre :

– Tu tiens à ce que je t'assaisonne l'autre côté?

Dès lors, Fernando fut certain qu'il parviendrait à s'enfuir, dût-il crever en route.

*
**

A partir de ce moment, le prisonnier ne réagit plus aux insultes de son beau-père. Il s'occupa des moutons parqués dans une étable nettement à l'écart de la ferme, mais il était toujours suivi par Spada. Avec le chien, il se promenait doucement sur le plateau, essayant de se familiariser avec le paysage. Un jour, il put aller jusqu'à l'extrémité de la faille, au-delà de laquelle commençait le sentier par où il était arrivé avec les autres. Il ne faudrait pas filer de ce côté, car c'est le premier endroit où ils le chercheraient. Il se dirigerait contrebas vers l'ouest, s'en remettant à Dieu du soin de le garder sur la route salvatrice.

Peu à peu, Fernando récupérait ses forces, mais prenait garde de ne pas le montrer. En mars, il se sentit de taille à affronter les fatigues d'une longue course à travers la montagne. Sauf son argent, il n'emporterait rien, ne pouvant s'encombrer de quoi que ce soit. Désormais, il lui fallait guetter l'occasion propice. Elle se présenta au début d'avril. Ce jour-là, Assunta s'en alla aux provisions et ne devait rentrer que le soir.

Sa femme partie depuis moins d'une heure, Nola se prépara à quitter cette prison où, depuis des mois, il croupissait. Il épiait les allées et venues du vieux et quand il l'eut vu s'éloigner de sa demeure, il se glissa dans la maison, s'empara du fusil, ouvrit le tiroir aux munitions, y prit des cartouches à chevrotines capables d'arrêter net un sanglier et les introduisit dans la culasse de son arme. Il abandonna ces lieux maudits, par-derrière, et fila d'un bon pas vers l'ouest, en prenant soin de garder la maison, en écran, entre lui et Macômer. Il était sept heures du matin. Quand Assuna reviendrait, il serait hors d'atteinte.

Le temps était beau mais frais. Se guidant, autant qu'il le savait faire, sur le soleil, Fernando se hâtait vers la liberté. Cependant, lorsqu'il eut atteint la limite du plateau, les vraies difficultés commencèrent : pentes raides, descentes rapides, rochers entassés en chaos difficiles à franchir, rien ne fut épargné au fugitif, qui aurait vite renoncé s'il n'avait été talonné par le souvenir du temps épouvantable vécu chez les Macômer.

A onze heures, Nola, assis dans un creux herbeux à l'abri d'un rocher en surplomb, reprenait haleine et reposait ses pieds déjà endoloris. Au moment où il allait reprendre sa course vers la liberté, il suspendit son mouvement, ayant cru entendre un aboiement lointain. Il demeura, immobile, le ventre serré par la peur. Spada... La bête avait d'abord dû être lancée dans la direction d'Orgosolo, puis il avait fini pr retrouver la trace du fugitif. Fernando décida d'attendre son ennemi dans une position privilégiée. Il gagna une anfractuosité où, calé, le dos contre la pierre et la poitrine protégée par une plaque rocheuse, il se tenait un peu en contrebas d'une ligne de faîte se détachant sur le ciel d'un bleu profond. Dans le vent léger qui caressait la montagne, le Gênois surprit le halètement du chien. Il braqua sur l'endroit où il jugeait que Spada apparaîtrait.

La bête, lancée dans une course régulière, se montra à peu près là où Nola le prévoyait. Désorienté par le vide s'ouvrant subitement devant lui, le chien s'arcbouta sur ses pattes pour résiter à l'élan qui l'emportait. Fernando tira, et atteignit Spada au poitrail. L'animal se dressa sur ses pattes de derrière et cette fois, il reçut la seconde balle dans le ventre. Il eut un aboiement qui ressemblait à une longue plainte et tomba la tête en avant. Le Gênois sut, alors, que rien ne l'empêcherait plus de retrouver son existence d'antan, et il jeta son fusil après l'avoir brisé.

La nuit était tombé lorsque Nola épuisé, titubant, saoûl de fatigue, atteignit les premières maisons d'Oniferi où la chance se décida enfin à le servir, sous la forme d'un médecin qui regagnait Nuero, dans son cabriolet attelé à un cheval fringant. Le docteur accepta de prendre l'étranger avec lui. En route, Fernando raconta sa pitoyable aventure à son hôte et, arrivé chez son bon Samaritain, il tint à prouver ses dires, en lui montrant son derrière. L'homme de l'art siffla de surprise et déclara :

— A votre place, j'irais le montrer aux carabiniers.

Le Gênois déclina la proposition et après une bonne nuit passée — avec le parrainage du docteur — dans le meilleur hôtel de Nuoro, il se procura du linge, des chaussures et des vêtements, puis partit pour Olbia en passant par Siniscola. En deux jours, il atteignit le port où il avait débarqué, en compagnie de Mafalda, mais c'était si loin qu'il lui semblait que l'événement avait eu lieu dans une vie antérieure. Il ne tenait pas à renouer avec un passé ayant servi de prologue à la plus terrible aventure de son existence.

Lorsque Nola monta à bord du « Aratore del mare », il devint un autre, c'est-à-dire qu'il fut, de nouveau, celui qu'il avait été avant. Oubliant les souffrances endurées, les angoisses subies, il ne pensa plus qu'à la bonne vie qui allait être la sienne. Avec cette facilité d'oubli indispensable à ce qu'on pouvait appeler son métier, don Fernandino ne se rappelait plus les mauvaises heures vécues et tandis que l'étrave du navire fendait les eaux paisibles de la Méditerranée, il rêvait de futures et aimables conquêtes qui prendraient soin de lui, normalement et maternellement, matériellement surtout. De la meilleure foi du monde, il eut marqué de l'étonnement si on lui avait parlé d'Assunta, cette espèce de petite garce toute prête à le poignarder pour protéger sa canaille de père. Quant à son mariage, il le tenait pour une farce de mauvais goût dont il était préférable de ne pas reparler.

Parmi les passagères, le vieil instinct de chasseur du Gênois lui fit, très vite, repérer une dame — apparemment sexagénaire — qui semblait s'ennuyer beaucoup. Il l'aborda, se présenta — Pascuale Amendolaro — l'emmena au bar où il se lança dans une cour pressante, seulement pour se rassurer, pour se prouver qu'il était de nouveau en forme et qu'il n'avait rien perdu de ses moyens de séduction. Sa victime, Gelsomina Villalago, d'abord surprise par cette attaque brusquée et flattée de la qualité sociale de son assaillant (Fernando s'était donné pour attaché au Ministère des Affaires étrangères) se laissa aller. A dix-huit heures, Nola lui embrassait les mains, à dix-neuf heures, il lui posait un baiser dans le cou et quand elle lui eut confié qu'elle était veuve d'un armateur et qu'elle dépérissait d'ennui sur une montagne de lires, il lui prit les lèvres dans l'obscurité complice du pont arrière où le claquement du drapeau dans la brise marine, soutenait les déclarations enflammées de don Fernandino. Chavirée, éperdue, Gelsomina confia à son soupirant le numéro de sa cabine et, dans un grand élan s'écria :

– Oh! Pascuale! si vraiment, comme vous me le jurer, je peux être tout pour vous, il faudra venir vous installer à Carbonia où je possède une superbe villa sur la côte.

– Dois-je comprendre, Gelsomina, que vous êtes sarde?

– Depuis toujours et j'en suis fière!

Sec, il rétorqua :

– Il n'y a vraiment pas de quoi!

– Pardon?

– Je repète qu'il n'y a pas à se vanter d'appartenir à une race de sauvages!

Le teint de Gelsomina tournait au rouge écrevisse cuite.

– Comment osez-vous..

– Parce que les Sardes, mémé, j'en ai ras le bol!

La signora Villalago encaissa mal le « mémé » que lui avait attribué son interlocuteur et sa voix monta dans l'aigu.

– Sans doute, sous prétexte que vous êtes gênois, vous prenez-vous pour le sel de la terre et, naturellement, les Sardes...

– Ce n'est pas ça...

Ce qu'elle pouvait l'énerver! A cause d'elle, il revoyait

le pays sinistre où on l'avait retenu prisonnier, la mégalomanie de Macômer, sa fille prête à tuer son mari, les abominables cousins, sans compter le monstrueux Spada... Une colère folle le dressait contre cette sotte, et, comme elle insistait :

— Enfin... Pascuale, vous détestez mes compatriotes à ce point-là?

— Plus encore!

— Dites-moi au moins ce qu'ils vous ont fait?

— Impossible!

— Est-ce quelque chose qu'aucune femme... sarde ne pourra jamais vous aider à oublier?

— Jamais!

— Pascuale, je vous en conjure, dites-moi ce que c'est?

Elle l'exaspérait avec son insistance maladroite, stupide.

— Je vous en supplie... qu'est-ce donc que vous vous figurez ne pouvoir jamais oublier?

— Mon cul!

La signora Villalago parut tomber en catalepsie, ce dont Fernando profita pour s'esquiver. Il gagna directement sa cabine et, s'étant deshabillé, il s'apprêtait à se glisser dans sa couchette lorsqu'on frappa à sa porte. Le heurt était trop fort pour qu'il puisse s'agir de Gelsomina.

— Qu'est-ce que c'est?

— Le commandant.

Nola enfila ses babouches et ouvrit. L'officier était un colosse au poil roux.

— Pardonez-moi de vous déranger, signore... une affaire ennuyeuse.

— Je vous écoute.

— Eh bien! il paraîtrait, signore, que vous avez une manière très particulière de courtiser les femmes.

— La Villalago?

— Oui... une signora importante... fidèle habituée de notre compagnie. Nous sommes contraints à beaucoup d'égards... et quand elle est venue me trouver pour m'expliquer que vous lui avez parlé en termes inconvenants... voire orduriers, d'après ses dires... j'ai cru de mon devoir de venir vous prier de lui adresser vos excuses accompagnées de quelques fleurs.

— Non!

— Vous détestez les Sardes, à ce qu'il semble?

— Oui.

— Notez que je ne les aime guère, de mon côté, mais ce n'est pas une raison pour que je leur parle de certaines parties de mon anatomie et sur un ton agressif! Allons, un bon mouvement, confiez-moi pourquoi vous exécrez les Sardes?

— A cause de ça!

Et, tournant le dos au commandant, Nola baissa rapidement le pantalon de son pyjama. D'abord, l'officier s'empourpra, croyant à une insulte délibérée et il s'apprêtait à attraper son passager par la peau du cou, quand il vit...

— Seigneur! ce n'est pas possible!... que... vous est-il arrivé?

— Un beau-père armé d'un fusil et un vétérinaire muni d'un couteau.

— Je n'aurai pas pensé voir, un jour, une chose pareille. Mes condoléances, signore.

⁂

— Alors, commandant, vous avez parlé à ce goujat?

— Oui, signora.

— Accepte-t-il de me présenter ses excuses?

— Non.

— Oh! et vous ne l'avez pas menacé?

— Si, jusqu'au moment où il m'a montré la raison de son aversion pour les Sardes.

— Et c'est?

— Il vous l'a crié en vous quittant.

— Il me... voulez-vous... voulez-vous me faire comprendre que... son... son chose est...

– Oui, signora et je puis vous avouer, au risque de vous peiner, que le derrière du signor Amendolaro, marquera jusqu'à la fin de ses jours d'une tache indélébile, l'honneur de la Sardaigne.

CHAPITRE III

I

Le premier Croisé qui aperçut les murs de Jérusalem ne dut pas éprouver une joie plus forte que celle de Fernando découvrant, dans la brume matinale, la côte gênoise. Il se sentait en proie à une allégresse qui lui donnait envie de danser. Il lui semblait qu'il était parti depuis des années. Une jeunesse nouvelle l'emportait. Il ne revit pas la signora Villalago qui demeura enfermée dans sa cabine, jusqu'à l'arrivée à quai. L'image du port qu'il ne cessait de contempler appelait, dans l'esprit de l'enfant prodigue, celle, redoutable, du commissaire Piediluco dont les sbires devaient rôder autour du débarcadère. Il réussit à passer sans encombre et se hâta vers son refuge de la piazza Erbe. Sa vieille propriétaire faillit mourir de saisissement en le voyant. Elle lui reprocha véhémentement de l'avoir laissée sans nouvelle et sans argent. Heureusement que son ami Silio avait payé le loyer chaque mois. Fernando se demanda avec quel argent, ce dernier avait pu acquitter cette obligation morale au nom d'un ami disparu, mais il était, avant tout, profondément touché. Cher Silio... Il raconta à sa logeuse une histoire d'enlèvement par les Barbaresques, un jour qu'il se promenait dans la campagne marocaine. Il convainquit aisément son interlocutrice, dont le vieux cœur romanesque accueillait avec enthousiasme tout ce qui sortait de l'ordinaire et l'arrachait, pour un temps, au morne train-train de son existence quotidienne.

A son tour, Nola s'émerveilla de la nouvelle que lui apprenait le bonhomme, ayant Silio pour locataire. Silio s'était marié! Fernando reçut un choc. Silio s'était marié! Sans doute avait-il pris cette décision par dépit de l'absence de son ami. Toutefois, la seconde nouvelle que lui asséna le propriétaire, lui fit perdre sa maîtrise habituelle. Silio travaillait à la Donnela. Don Fernandino sentit chanceler son univers particulier. Désemparé, il erra dans Gênes, toute la matinée. Il reprenait contact avec la ville dont il rêvait durant son exil, mais à travers ce qu'on venait de lui apprendre, elle lui apparaissait sous un éclairage nouveau et peu agréable.

Silio manqua lâcher le plateau, quand il vit son vieux copain installé à l'une des tables dont il était chargé.

– C'est toi? c'est bien toi?

– Je le pense.

– Bon Dieu! Je te croyais mort! ce que je suis content!

– Je le suis moins, de te voir transformé en esclave du capitalisme.

– Je t'expliquerai...

– Pas la peine. Tu es marié, n'est-ce pas?

– Ah! tu sais...

– Alors, il n'y a pas besoin d'explication. Tu es tombé dans le piège que je t'avais, pourtant, appris à éviter... Enfin, c'est la vie... Apporte-moi une soupe aux épinards et un foie de veau triestin avec un peu de Lambursco.

– Fernando, je t'en prie, retrouvons-nous à trois heures chez Gamberetti.

– Entendu. D'ailleurs, j'ai de l'argent à toi. Il serait temps que je te le remette.

*
**

La " Casa Gamberetti " était une taverne enfumée de la place Nunziata, mais où l'on buvait du vin honnête.

Les plus imaginatifs affirmaient que Garibaldi y réunissait ses lieutenants. Les yeux de Nola s'arrondirent en voyant entrer Silio en compagnie d'une assez jolie fille brune.

– Fernando... voici ma femme, Bianca... Je crois que vous vous connaissez déjà...

– Comment aurais-je pu l'oublier?

Bianca eut un rire moqueur.

– J'étais beaucoup trop jeune pour retenir votre attention. Je sais que vous ne vous intéressez qu'aux femmes mûres et... riches.

Fernando comprit qu'il avait là, un adversaire redoutable qui ne lui permettrait pas de garder Silio pour ami.

– Vous vous fréquentiez avant mon départ, si je me rappelle bien?

Cette fois, ce fut Silio qui répondit :

– Oui... Grâce à elle, je suis revenu sur le bon chemin.

– C'est-à-dire?

– Plus de combines illégales... plus de peur des flics... une existence tranquille avec celle que j'aime. Bien sûr, par moment, j'ai moins de fric qu'avant, mais je peux m'endormir sans crainte que les carabiniers viennent me réveiller pour fouiller la maison.

Nola s'inclina devant Bianca.

– Bravo! signora... Voilà ce que j'appelle une reconversion.

– Vous savez, le signor commissaire Piediluco m'a beaucoup aidée.

– Il n'est pas encore mort, celui-là?

– Il n'a pas envie, du moins tant qu'il ne vous aura pas arrêté.

– Charmant! Heureusement que c'est un imbécile!

– A votre place, je n'en serais pas tellement certaine...

– Silio, tu m'as l'air de t'être fait de drôles de relations... A propos, voici l'argent que je te dois pour le loyer de ma chambre. Je n'oublierai jamais ton affection. C'est la seule fortune que j'avais.

– Pourquoi parles-tu au passé?

— Demande à Bianca... Je suis traqué, d'après ce qu'elle m'a appris, par ce policier sans âme et je suis seul maintenant que tu m'as abandonné, Silio.

— Tu sais que tu pourras toujours compter sur moi, Fernandino.

Bianca précisa :

— A condition que vous ne l'écartiez pas du droit chemin!

Nola soupira :

— Vous en parlez à votre aise... parce que vous avez un mari qui vous aime et que vous aimez.

— Mariez-vous!

— Je le voudrais.

— Qu'est-ce qui vous en empêche?

— L'argent...

— L'argent! toujours l'argent! pourquoi ne travailleriez-vous pas pour en gagner?

Fernando eut une mine horrifiée.

— Travailler! moi?

La jeune femme ne put s'empêcher de rire.

— Cette idée vous scandalise, hé?

— C'est-à-dire...

— ... que vous entendez vivre au crochet des autres! Eh bien! ne comptez pas sur nous! et Silio — s'il tient à moi — devra vous éviter, signor Nola, sinon je le laisse tomber!

— Vous êtes cruelle...

— Pas tellement puisque je vais vous donner un tuyau. Je connais, unique héritière d'une veuve très riche, une jeune fille d'une trentaine d'années et qui serait heureuse que vous lui fassiez la cour.

— Ah? et elle est vraiment très riche?

— Plus encore.

— Comment s'appelle cette perle?

— Fulvia Sassoferato, elle habite le palais Rinoti.

— Le palais!

— ... dans la via Albaro.

Silio s'écria :

— Tu es folle, Bianca! tu sais bien que cette pauvre Fulvia...

— ... est un peu attardée, et puis après? ton ami, ce n'est pas Fulvia qui l'intéresse, mais sa dot!

— Tout de même!

Quelque peu inquiet, Fernando s'enquit :

— Elle est... répugnante?

— Mais non... en voilà une idée!... Simplette, par moment... vous devez bien penser que si Fulvia n'était pas telle qu'elle est, il y a longtemps qu'elle serait mariée. Les coureurs de dot ne manquent pas dans notre bonne ville.

— Je vais réfléchir. Il faut que je la voie. Quoique je sache que vous ne m'aimez pas, Bianca, je vous remercie. A un de ces jours, Silio.

⁂

Le commissaire reconnut tout de suite Bianca, quand elle entra dans son bureau et cela, non seulement parce qu'il avait une merveilleuse mémoire des visages, mais aussi parce que son animosité envers Nola n'avait rien perdu de sa force malgré la disparition de ce dernier.

— Alors, signorina Osseluno?

Elle l'interrompit.

— Signora Ossidi.

— Ah?... Vous avez épousé Ossidi?

— Je sais ce que vous pensez de lui, signor Commissaire, toutefois je peux vous jurer que Silio marchera droit, sinon je l'abandonne et je l'ai prévenu. Seulement, j'ai besoin de pouvoir compter sur votre aide.

— A quel sujet?

— Nola est revenu.

— Tiens donc!

Ne tenant plus en place, les mains dilatées, les doigts tambourinant le buvard de son bureau, Benito ressemblait à un chien de meute attendant — fou d'impatience l'instant où le valet le libèrerait.

— Nous l'avons revu et... et Silio continue à béer d'admiration devant lui. Il est vrai qu'ils se connaissent depuis tant d'années... Ils sont comme des frères.

Notez que je ne crois pas que Silio préfère jamais la vie avec son copain, à l'existence que nous menons lui et moi.

– Alors?

– J'ai peur qu'un jour, Nola, en mauvaise posture, ne fasse appel à mon mari pour le tirer d'affaire.

– En usant de méthodes peu compatibles avec la loi

– Je le crains.

– Vous avez sagement agi en venant me faire part de vos soucis. Nous veillerons au grain, ensemble, à condition que vous me préveniez assez tôt.

– Vous pouvez y compter.

– Par hasard, vous ne seriez pas au courant des projets immédiats de notre homme?

Bianca faillit faire allusion aux Sassoferato, mais elle se reprochait déjà d'en avoir parlé à Fernando. Avec un pareil homme, on pouvait s'attendre à tout.

– Non, signor Commissaire.

– Je m'arrangerai pour le savoir. Je me suis juré d'avoir Nola et je l'aurai, faites-moi confiance. A propos, avez-vous une idée de l'endroit où il se cachait durant ces derniers mois.

– En Sardaigne.

⁂

La palais Rinoti était une demeure superbe, au fond d'un parc romantique, un de ces lieux privilégiés où n'importe quel enfant de Dieu souhaiterait vivre, à condition, bien entendu, qu'on lui fournisse les moyens d'entretenir cette résidence et son personnel. Le nez collé à la haute grille de fer forgé défendant l'accès du domaine, don Fernandino était la proie du péché d'envie. Il se voyait déjà se promenant au long des allées parfaitement entretenues, clignant de l'œil aux faunes, satyres et dryades que feu le signor Sassoferato avait cru bon de faire danser, courir ou jouer de la flûte de Pan, sur les pelouses ou sous les branches des arbres. Si Paris valait bien une messe – comme l'avait affirmé un roi de France aux convictions religieuses peu assurées, – le palais Rinoti valait bien une épouse malmenée par la nature. Ce fut à cet instant précis que Nola décida de devenir l'époux officiel, légitime de Fulvia Sassoferato. Après son aventure sarde, il se jugeait guéri du goût des expériences et n'aspirait plus qu'au repos, à la seule condition qu'il fut doré.

En bon stratège, ne voulant rien laisser au hasard, don Fernandino commença par se livrer à une enquête sérieuse au sujet des Sassoferato. Il ne s'agissait pas d'acheter chat en poche. Il ne mit que deux jours pour découvrir que le chef-jardinier du palais Rinoti – Alessandro Téramo – était un ivrogne et s'imbibait tous les soirs de liquides variés, dans un cabaret de la via Marani à quelques centaines de mètres de son lieu de travail. Avec la patience de celui qui entreprend le grand œuvre de sa vie, Nola n'aborda le jardinier qu'après que ce dernier se fut habitué à sa présence en tant que consommateur.

– Signor Téramo?

– Oui. Pourquoi?

– Vous me permettez de m'asseoir à votre table?

– J'aime pas les étrangers.

– Même quand ils vous offrent à boire?

– Ça, c'est autre chose. Qu'est-ce que vous me proposez?

– Ce que vous voudrez.

– Eh bien! vous, signore, vous êtes quelqu'un! on ne peut pas prétendre le contraire!

Alessandro commanda une bouteille de chianti. Quand il en eut bu deux verres, il s'essuya les moustaches du dos de sa main et s'enquit :

– Qui êtes-vous, signore?

– Pietro di Magliano, écrivain.

– Ah?... et qu'est-ce que vous voulez?

– Voilà... Je souhaite écrire un livre sur les Sassoferato

– Drôle d'idée...

– Nous nous devons d'honorer ceux qui ont contribué à la prospérité de notre ville.

– Si ça vous amuse...

– Il y a longtemps que vous êtes au service de la famille Sassoferato?

– Depuis toujours et j'ai soixante-seize ans... Ma mère et ma grand-mère travaillaient pour les dames de la maison.

– Alors, vous avez bien connu don Mandredo?

– Je l'ai vu naître et je l'ai habillé sur son lit de mort.

– Et son père?

– Don Leone? Je pense bien! et aussi don Emmanuele, le grand-père... Celui-là, c'était un homme superbe. Il était un chaud partisan des Français et du général Buonaparte. C'est don Emmanuele qui commença la fortune de la famille en créant son commerce de fromages. Il avait épousé dona Alexandra, une fille de gros paysans lombards. Sa dot permit le démarrage de la maison Sasseferato. Don Leone, le fils – qui se prénommait Napoleone – (prudemment abrégé en Leone, le moment venu) possédait un sens commercial extraordinaire; il fut bien aidé par dona Sophia, son épouse, une riche bourgeoise milanaise. Don Manfredo, continua l'œuvre de ses devanciers et, aujourd'hui, toute l'Italie mange des fromages Sassoferato. Seulement, don Manfredo était un sacré coureur de jupons. Pourtant, il avait épousé une des plus jolies femmes de Padoue, Bruna Ruggeroto, héritière d'une des plus grandes usines de textiles. Dona Bruna est encore très belle à cinquante ans et pourtant don Manfredo courait les filles les plus vulgaires, les plus ordurières. Un goût qu'il avait. D'ailleurs, il est mort chez une de ces créatures, d'un coup de sang.

– Qui dirige l'affaire, aujourd'hui?

– Un frère cadet de la signora, don Alberto.

– Il y a pourtant une fille qui est l'héritière directe de don Manfredo?

– Fulvia... Elle a vingt-huit ans...

– On m'a raconté qu'elle est un peu.. enfin, légèrement attardée?

– Hélas! signore, c'est le grand malheur de la famille.. Notez que la signorina n'est pas laide du tout et qu'elle est d'une grande gentillesse... Chaque fois qu'elle me rencontre, elle m'embrasse. Elle m'appelle nonno Sandro. En dépit de ses vingt-huit ans, elle est restée, pour la tête, une gamine.

– Une gamine riche...

– Oh! ça... personne sait sur combien de millions de lires, elle peut s'asseoir.

Un second flacon de chianti convainquit Téramo de parler à la signora Sasseferato de ce jeune écrivain désireux d'écrire l'histoire de cette puissante famille de fromagers et que seules la timidité, la crainte d'être importun empêchaient de présenter lui-même sa requête. Il obtint encore du vieux jardinier la description des signora :

Bruna, la mère, était une femme plutôt petite, potelée avec de beaux cheveux de couleur acajou. Fulvia se présentait sous l'aspect d'une grande fille élancée, brune, avec un perpétuel sourire aux lèvres. Il sut, de plus, que les Sassoferato se rendaient tous les dimanches à la messe de dix heures qu'elles allaient écouter – en guise de promenade – à l'autre bout de la ville, dans l'église de S.Ambrogio et S.Andrea, où leurs chaises étaient réservées sous la Circoncision de Rubens.

Le dimanche suivant, Fernando guettait l'arrivée des Sassoferato à S.Ambrogio et S.Andrea. Il les reconnut tout de suite. Ce Téramo avait l'œil. Bruna apparaissait comme une quinquagénaire fort appétissante à qui un embonpoint léger accordait encore deux ou trois années avant de n'être plus regardée que par les vieillards. Nola eut aimé s'attaquer à la mère plus qu'à la fille, mais à la manière dont elle priait, il comprit que cette femme portait une croix et qu'elle suppliait Dieu de l'aider à la porter. Quant à Fulvia, des traits lourds et un sourire niais ne la rendaient pas très attirante, mais à force de penser aux millions de lires qui dormaient dans la corbeille de noces de la signorina, le Gênois finit par lui trouver un certain charme.

A la fin de l'office, Nola se précipita pour arriver au bénitier avant ces dames et leur offrir l'eau bénite.

Bruna ne lui prêta aucune attention, tandis que Fulvia, après avoir touché le bout de ses doigts lui tira la langue, ce qui ne manqua pas de déconcerter, un instant, le conquérant jeune homme. Rentrant chez lui, il se disait que s'il arrivait à ses fins, l'existence avec Fulvia ne serait pas dépourvu de cocasseries. Presque jusqu'à Noël, Fernando s'obligea à ce pélerinage hebdomadaire à S.Ambrogio et S.Andréa. Maintenant, Fulvia lui souriait et, tout au long de la messe, elle lui adressait des petits signes, à la façon des gosses qui s'ennuient à l'église. Sa mère la rappelait à l'ordre et regardait sévèrement celui qui semblait être la cause de cette juvénile dissipation. Ainsi, semaine après semaine, se tissaient des liens fragiles, ténus, sur lesquels Nola devait tirer avec infiniment de légèreté pour arriver jusqu'au palais Rinoti. L'avant-dernier dimanche de l'Avent, à Fulvia et Fernando qui s'étaient, une fois de plus, rejoints au bénitier, Bruna dit, dans un sourire :

– Vous n'êtes pas très sérieux, tous les deux.

– Pardonnez-moi, signora, mais j'ai tant de plaisir à regarder la signorina.

– C'est vrai?

Nola crut saisir dans la voix de son interlocutrice, une vibration d'espoir. Il appuya :

– Elle ressemble tellement à la Madone...

Bruna en demeura coite quelques instants. C'était bien la première fois qu'on comparait sa fille à la Vierge et elle murmura, comme pour elle-même.

– Peut-être en a-t-elle l'ingénuité.

Nola sortit de l'église en compagnie des Sassoferato qu'il raccompagna jusqu'à leur équipage, dont les chevaux piaffaient d'impatience. Au moment de monter en voiture, Bruna dit, avec une certaine hauteur :

– Je suis la signora Sassoferato et voici ma fille Fulvia... (celle-ci fit une grimace à Fernando). Nous vivons au palais Rinoti, via Albaro.

– Très honoré... Je me nomme Pietro di Magliano et suis écrivain.

– Seriez-vous la personne souhaitant écrire sur notre famille dont m'a parlé Alessandro?

– C'est moi, en effet, signora, et quoique vous voyant depuis fort longtemps aux offices dominicaux, je ne soupçonnais pas que vous puissiez être celle dont je voudrais écrire l'histoire exemplaire.

– Eh bien! signore, maintenant que nous avons fait connaissance, venez quand vous le voudrez au palais Rinoti, vous y serez toujours le bienvenu.

Regardant s'éloigner la voiture, Nola jubilait intérieurement. Il avait le sentiment de tourner une page de sa vie et qu'il allait, enfin et pour toujours, jeter l'ancre dans un hâvre où il vivrait confortablement. Sans doute, avoir Fulvia pour épouse ne serait pas de tout repos, mais quoi! il faut mériter les somptueux salaires et s'il arrivait à sa femme de baver de temps à autre – tel le gosse qui met ses dents – il lui essuierait les lèvres avec un mouchoir de baptiste. Jamais infirmier n'avait été payé comme il le serait.

Les mains dans les poches, le nez au vent, de la joie plein le cœur, don Fernandino souriait à un avenir heureux, en descendant la via Dante lorsqu'on s'exclama, dans son dos :

– Je ne me trompe pas! C'est mon vieil ami Nola!

Cloué sur place, sa gaieté envolée d'un coup, le jeune homme se retourna pour se trouver en face de Benito Piediluco. Le sourire du commissaire parut plein de menaces à celui qui se figurait déjà certain de la victoire.

– Bon.., bonjour, commissaire.

– Vous n'avez pas l'air enchanté de notre rencontre?

– C'est-à-dire...

– Où allez-vous si gaillardement?

– Nulle part. Je... je marchais au hasard.

– Cela tombe parfaitement. Je vous invite à déjeuner.

– Vous... vous m'invitez à...

– A déjeuner.

– Mais...

— Voyons! vous n'allez pas me refuser le plaisir de bavarder avec vous, en toute liberté?

Nola accepta. Il ne pouvait, d'ailleurs, faire autrement.

—2—

Piediluco s'était bien comporté et avait emmené son hôte chez Olimpo, place Dante. Un restaurant chic et coûteux, où se retrouvait — surtout le soir — le gratin gênois. D'abord un peu emprunté, voire inquiet, Fernando avait avalé avec peine et s'était imposé un effort pour répondre de façon intelligible au policier. Ensuite, grâce à l'ambiance, à la gentillesse montrée par le commissaire, à l'excellence de la chère, à la qualité des vins, Nola, peu à peu, s'était laissé aller. Maintenant, ils bavardaient comme deux vieux amis se retrouvant après une longue séparation.

Ils mangeaient une escalope milanaise, lorsque Benito remarqua :

— Avec votre caractère, votre amour de la vie, vous serez, sûrement, très malheureux en prison.

Le morceau de viande se coinça dans la gorge de don Fernandino, qui croassa pendant que Piediluco remplissait leurs verres d'un ValPolicella de premier ordre :

— Je n'ai pas du tout l'intention d'y aller.

— Je le suppose. Malheureusement, moi, j'ai la ferme intention de vous y expédier et pour longtemps. A votre santé!

Nola leva machinalement son verre pour répondre au geste de son vis-à-vis, mais il n'avait plus ni faim ni soif. Pendant un moment, les deux hommes se turent et puis, durant ce silence, Fernandino se rappela que le commissaire n'avait jamais pu l'arrêter, n'étant pas assez intelligent pour cela et que son intelligence n'ayant pu s'améliorer, il n'y avait aucune raison pour que le cours des choses se modifiât en quoi que ce soit.

Les convives dégustaient un Gorgonzola bien gras, quand Nola, désinvolte, s'enquit :

– Pourquoi diable tenez-vous tant que cela à m'envoyer en prison, signor Commissaire?

Piediluco continua de mastiquer un instant avant de répondre :

– Parce que je vous déteste... Comment trouvez-vous ce fromage?

– Merveilleusement à point.

– J'en suis heureux.

– Puis-je vous prier de m'expliquer les raisons profondes de votre hostilité à mon égard?

– Vous m'avez volé ma femme.

Ce coup-là, Nola resta sans voix. Le garçon apportait le dessert, une tarte à la frangipane. Fernandino profita de ce répit qu'imposait la présence d'un tiers, pour tenter de se rappeler les femmes qui avaient eu des bontés pour lui. Il ne trouvait pas trace d'une Piediluco. Le garçon s'éloignant, il protesta :

– Je suis sûr que vous faites erreur! Jamais je n'ai rencontré...

– Je sais, je sais... Tenez, goûtez donc ce gâteau qui est la spécialité de la maison. Voyez-vous, j'avais une femme que j'aimais beaucoup, Adelina. Je pense qu'elle m'aimait aussi et je comptais bien finir mes jours avec elle. Hélas! elle a rencontré un type de votre genre, pas plus de cœur que d'honnêteté. Elle est partie avec lui. Elle n'est jamais revenue. C'est depuis lors que je me suis mis à haïr tous ces bellâtres qui démolissent sans vergogne, les foyers des autres, parce qu'ils n'ont pas été capables de s'en construire un.

– En somme, vous entendez me faire payer pour celui qui...

– Non, pour tous ceux qui, comme vous dites. Garçon? L'addition. Méfiez-vous, Nola, je ne vous laisserai jamais en repos et je serai là à l'heure où vous verrez s'ouvrir les portes de la prison.

– Je ne pense pas, signor Commissaire, que cette heure sonne jamais.

— Je suis persuadé du contraire.
— L'avenir nous départagera donc! A vous revoir, signor Commissaire.
— Vous pouvez y compter.

⁂

L'avant-veille de Noël, Silio dit à sa femme :
— Je me demande ce que devient Fernando?
— Ne t'occupe pas de lui, ça vaudra mieux pour tout le monde.
— C'est mon copain!
— A ta place, je ne m'en vanterais pas.
— Il est seul et c'est Noël. Moche, non?
— Il n'avait qu'à vivre autrement!
— Bianca... ça t'ennuierait beaucoup si on l'invitait pour Noël?
— Jamais!
— Je ne pourrais pas manger de bon appétit, si je savais que mon copain est seul.
Silio, après une longue et pathétique plaidoirie, réussit à convaincre sa femme et obtint la permission d'aller porter la bonne nouvelle à Nola avant de se rendre au travail. Quand il revint à la Donnela où Bianca l'avait précédé, celle-ci vit tout de suite que les choses n'avaient pas dû marcher comme il l'espérait.
— Tu ne l'as pas trouvé?
— Si.
— Et alors? Il viendra?
— Non.
— Il est malade?
— Non... Il a déjà accepté une invitation, mais il te remercie tout de même.
— Chez qui est-il invité?
Silio parut gêné, ce qui intrigua la jeune femme encore plus fortement.
— Je t'ai demandé : chez qui?
— Il passe Noël chez les Sassoferato.
Bianco faillit lâcher la pile d'assiettes qu'elle transportait.

⁂

L'inspecteur Lucera entre dans le bureau du commissaire avec un air mystérieux.

– Chef...

– Pourquoi cette mine de conspirateur, Antonio?

– Elle est là.

– Qui?

– Celle qui a épousé ce bon-à-rien d'Ossidi.

Piediculo bondit sur sa chaise.

– Mais qu'attendez-vous pour la faire entrer!

Lucera s'éclipsa et quand Bianca fut devant lui, Benito l'interrogea d'une voix gourmande :

– Alors, on le tient?

– Il a recommencé!

– Racontez-moi ça!

La signora Ossidi exposa pourquoi – croyant se moquer de lui – elle avait proposé à Nola de faire sa cour à Fulvia Sassoferato, une des plus riches héritières de Gênes, mais malheureusement très attardée du côté de l'intelligence.

– Je sais.

– Je me figurais que Nola se vexerait et laisserait mon mari tranquille. Eh bien! pas du tout!

– Comment ça?

– Il passe le jour de Noël chez les signora Sassoferato!

– Ignoble individu!

– Il faut faire quelque chose, signor Commissaire!

– Quoi? Vous avez une idée?

– Avec votre autorité, vous allez trouver la signora Sassoferato pour lui dire ce qu'est Fernando.

Piediluco secoua la tête.

– Réfléchissez, signora. Nola n'entre pas de force au palais Rinoti. On l'y a invité, dans un but que je suppose, précis. Voyez-vous, je me mets à la place de Bruna Sassoferato pour qui Fulvia est une charge qu'elle devra porter seule, jusqu'à la fin de ses jours.

Si quelqu'un se présente pour l'aider dans sa tâche, je comprends que l'espoir lui cache la réalité.

— Mais Nola ne pense qu'à l'argent!

— Sans doute... Toutefois, si je le disais à la signora Sassoferato, elle ne me croirait pas parce qu'elle n'aurait pas envie de me croire. Je suis persuadé qu'elle envisage la possibilité d'un mariage pour sa fille.

— Ce serait monstrueux! dans l'état où elle est!

— Sans aucun doute, la mère ne la voit pas telle qu'elle est. Je vais même plus loin, signora : je suis à peu près persuadé que si je démasquais notre homme, la signora Sassoferato passerait outre.

— Mais pourquoi?

— Pour ne pas renoncer à son espérance d'avoir une vieillesse normale dans une solitude paisible.

— Alors, vous ne pouvez rien tenter?

— Pour dire vrai, je me soucie beaucoup plus de Nola que de Fulvia. Grâce à vous, je sais où il faut le surveiller et, patiemment j'attendrai qu'il commette la faute que j'espère depuis tant d'années et qui me permettra de le boucler pour un bon bout de temps.

Bianca se leva.

— Bon... Excusez-moi de vous avoir dérangé.

— Pas du tout! Je vous suis très réconnaissant.

— Quant à moi, je ne veux plus voir ni entendre parler de cet individu!

— Oh! non... Pas ça, je vous en prie... Par vous, je puis connaître les intentions de notre homme. Et c'est grâce à vous, j'en suis convaincu, que nous ferons tomber cet escroc.

*
**

Au moment où don Fernandino franchissait les grilles du palais Rinoti, il eut le sentiment d'être devenu un autre. Finies les fins de mois difficiles, les questions sur l'avenir, la peur d'une vieillesse désargentée, la vie dans une chambre où les murs semblent se rapprocher chaque jour un peu plus. Le vieux jardinier le salua au passage en remarquant :

— J'ai fait votre commission, signore.

— Je suis au courant et je vous en remercie. Tenez...

Nola donna une pièce de cinq lires au bonhomme qui n'en croyait pas ses yeux, supputant déjà le nombre de flacons qu'il allait pouvoir s'offrir.

— Toujours à votre service, signore.

Le visiteur sut qu'avec Alessandro Téramo, il s'était assuré une amitié sûre.

Fernandino n'aurait jamais osé rêver qu'il passerait Noël chez les Sassoferato. L'aventure — baignant dans une puissante odeur d'argent — dépassait toutes les espérances. Il avait acheté chez Corsetti la plus belle boîte de chocolats que cette maison réputée vendait. Dans les grandes affaires, il faut savoir investir. Fulvia battit des mains en recevant son cadeau, et sa mère, les larmes aux yeux, remercia son hôte.

— C'est la première fois, qu'en dehors de moi, quelqu'un pense à ma petite.

— Je la trouve charmante.

Bruna le regarda, surprise.

— Vous parlez sérieusement?

— En douteriez-vous, signora?

— Non, mais... Je suis sa mère et à travers ce qu'elle est aujourd'hui, je vois ce qu'elle était hier, tandis que vous...

— Sans doute, la signorina n'a-t-elle pas la beauté agressive —oserai-je dire : un peu vulgaire? — de la plupart de nos Gênoises. Votre fille n'est pas jolie au sens où on l'entend d'ordinaire, mais son visage est assez original pour retenir le regard. Et surtout, elle a, répandu sur ses traits, imprégnant chacun de ses gestes, un air d'enfance qui ne peut que toucher les âmes sensibles. Votre fille signora, symbolise, pour nous, les adultes, le regret de l'innocence perdue, c'est pourquoi il ne doit pas être difficile de l'aimer.

Noyée de larmes, Bruna Sassoferato jura à Fernando que jamais, on ne lui avait parlé de son enfant d'aussi tendre façon et elle bénit son commensal. Fulvia, qui dévorait les bonbons offerts, suspendit sa mastication pour crier :

— Si vous faites pleurer ma maman, signore, c'est que vous êtes un méchant homme et je vous battrai!

Bruna rassura sa fille et l'on passa à table, servi par un domestique en gants blancs et veste immaculée. Nola se promit de ne jamais oublier ce repas, le plus extraordinaire qu'il ait fait de sa vie. La signora Sassoferato était de Padoue et se voulait fidèle à la cuisine de son pays. On commença par des escargots à la vénitienne et une dindonne à l'esclavone. On eut pour fromage du " montasio " et pour dessert des beignets. Si les dames ne touchèrent guère aux vins, leur invité dégusta, avec un plaisir évident, le Soave, le Valpolicella et le Bardolino.

Après qu'on eut pris le café, Bruna renvoya Fulvia dans sa chambre pour sa sieste quotidienne.

— Cela la calme beaucoup, car c'est une enfant très nerveuse et le moindre petit événement la sortant de son existence routinière, la trouble. Ainsi votre venue, car nous ne recevons pratiquement personne, sauf de lointains cousins qui se croient obligés de venir constater si nous ne sommes pas en train de mourir. Et elle ajouta paisiblement, comme si cette contestation rendait tout commentaire superflu — Nous avons une très grosse fortune.

Quoiqu'on fut en décembre, et que l'air fut vif, un soleil pâle invitait à la promenade. La signora Sassaferato et son hôte allèrent d'un pas tranquille le long des belles allées si parfaitement entretenues. Fernando pensa qu'au printemps, avec toutes les fleurs qu'Alessandro soignait avec passion, le parc devait se transformer en un magma de couleurs où passaient les senteurs les plus diverses. Etre le maître de ce paradis... Fulvia serait-elle bossue ou amputée, Nola était décidé à l'aimer ou à feindre l'amour, nuance qui le regardait seul.

— Ainsi, signore, vous souhaiteriez écrire l'histoire des Sassoferato?

— En effet.

— Quel intérêt cela représenterait-il et pour quoi?

— Il me semble que l'essor d'une grande famille d'industriels...

– Je déteste tous les Sassoferato, signore!

– Ah?

– Je suis une Ruggerato et, croyez-moi, si je vous dis que les Padouans sont autre chose que vos Gênois!

– Ah...

– Pardonnez-moi de m'emporter de la sorte, mais je suis très fière et de ma ville et de ma famille. A Gênes, il n'y a que l'argent qui a de l'importance et le compte en banque y remplace le blason!

– N'êtes-vous pas... un peu sévère?

– Non, je les connais bien... on m'a vendue à eux!

– Signora!

– Je ne sais pourquoi je vous parle de toutes ces tristes histoires alors que je vous reçois pour la première fois... peut-être parce que vous m'avez dit de jolies choses sur ma pauvre enfant?

– Je ne sais que vous répondre, signora. Cependant, je puis vous assurer que je me sens animé du désir de vous plaire et...

Bruna posa sa main sur le bras de Fernando.

– C'est déjà fait, mon ami.

***

Invité à revenir au palais Rinoti aussi souvent qu'il lui plairait, Nola entama l'année 1896 sous les plus heureux auspices. L'avenir était prometteur. Don Fernandino ne voyait pratiquement plus Silio, Bianca dressant entre les deux hommes, une barrière qu'elle s'efforçait – par menaces, prières et supplications – de rendre infranchissable. A la vérité, celui qu'elle méprisait et redoutait à la fois, n'éprouvait aucune envie de renouer ou poursuivre des relations avec des gens qui n'étaient plus fréquentables.

Nola eut la sagesse de ne pas profiter tout de suite de la permission qu'on lui avait donnée et se présenta au palais Rinota, huit jours après y avoir été convié. Il y fut reçu avec une chaude sympathie. Pour entretenir le leurre de sa présence et dissimuler, jusqu'au bout, ses batteries, Fernando remit sur le tapis l'histoire des

Sassoferato, sujet qui ne soulevait visiblement pas l'enthousiasme de dona Bruna. Néanmoins, elle se plia à ce qui lui était demandé.

– Le grand-père de mon mari, Emmanuele était un paysan qui habitait à l'époque, une ferme sur le flanc du monte Capulito. Intelligent, travailleur, économe, il épousa une fille qui lui ressemblait, Alexandra Fragagnano, dont les parents tenaient un magasin de lait, beurre et fromage à Rapallo. Ce fut là le début de la fortune des Sassoferato. Tandis qu'Alexandra ne quittait jamais sa boutique de crainte de laisser échapper un client, Emmanuele, lui, n'abandonnait jamais sa ferme que le samedi soir pour la retrouver le dimanche après-midi. Il faisait travailler tous les paysans du coin et il ne lui fallut que quelques années pour que les fromages de Rapallo fussent recherchés. Vous trouvez cela passionnant, signore di Migliano?

– Ah! signora... C'est l'envol de l'aigle!

– Ah?... bon. Le fils d'Emmanuele – Leone, mon beau-père – avait hérité de toutes les qualités de son père et de sa mère. Une sorte de monstre qui trouvait les nuits trop longues car elles l'obligeaient à suspendre son travail. Jamais de vacances, pas de loisirs. Le travail et encore le travail. Entre deux rendez-vous, il épousa à la hâte, Sophia Fardella, héritière de la plus grosse laiterie de la région. Sophia était fort laide et quand ses intimes en faisaient la remarque à son époux, il répondait : vraiment? je ne m'en suis pas aperçu?... Il est vrai que je n'ai guère le temps de la regarder. Leone régna bientôt sur tous les produits laitiers de la Ligurie.

– Puis-je permettre de dire que ce Leone est, à mes yeux, une sorte de monstre?

– Vous le pouvez, cher, et sans être original. C'était, en effet, la réputation qu'il avait et dans sa famille et dans le milieu des affaires.

– Et son fils?

– Mon mari, Manfredo. Aussi intelligent que ses prédécesseurs, mais moins acharné, moins avare. Il préférait le boudoir des théatreuses au salon de sa femme. Il étendit le domaine commercial de la famille jusque dans le Piémont. Malheureusement, il y eut le revers de la médaille. Je fus incapable de donner un fils à mon mari. Il ne m'a jamais pardonnée : Il est mort de ses excès. J'ai tout vendu. Après Fulvia, il n'y aura plus de Sassoferato. En ce qui me concerne, je ne le regrette pas. Ce n'était pas des gens intéressants. Vous pouvez mettre cette opinion dans votre article, signore, à condition de ne pas dire que vous la tenez de moi. Les dames de Gênes en seraient, hypocritement, horrifiées.

Fulvia, que cette longue conversation fatiguait, protesta :

– On ne va pas parler tout l'après-midi? Je veux aller me promener!

La signora soupira :

– Je suis lasse, mon petit... Promène-toi dans le parc...

– Pas toute seule!

– Que tu est fatiguante...

Nola protesta :

– Si je puis me permettre d'accompagner la signorina?

Fulvia battit des mains.

– Oh! oui...

Bruna sourit :

– Vous avez entendu, signore, elle a répondu pour moi!

⁂

En parcourant les allées, Fernando imaginait qu'il se promenait dans sa propriété. Quelle merveilleuse existence, ce serait! Cependant, Fulvia n'avait pas du tout l'intention de laisser son compagnon se perdre dans ses songes.

– C'est quoi votre prénom?

– Pietro.

– C'est joli, Pietro... Je suis contente que maman ne soit pas venue.

– Pourquoi donc?

– Parce que de cette façon, je peux vous demander comment vous me trouvez?

– Comment je...? mais, très bien.

– Ce n'est pas vrai!

– Je vous affirme...

– Taisez-vous! Si vous vous figurez que je ne sais pas que je suis laide et à moitié idiote!

– Mais c'est faux!

– Ne mentez pas! Je vous en supplie, ne mentez pas!

– Je vous jure que je ne mens pas!

– Alors... si je vous priais de... de m'embrasser, vous le feriez?

La proposition prenait le garçon au dépourvu.

– Embrassez-moi donc!

Nola en avait autant envie que de filer se pendre. Pourtant, s'il refusait... Il ferma un peu les yeux et ouvrit les bras. Fulvia s'y catapulta. Ce fut un baiser délirant où don Fernandino, peu habitué à ces étreintes-assauts, faillit perdre le sentiment, par suffocation. En vérité, l'épreuve ne fut pas tellement désagréable, tant l'ardeur de la jeune fille balayait les répugnances physiques ou les objections spirituelles.

Ils revinrent au palais, Fulvia cramponnée à la main de Fernando et babillant sans arrêt.

– Maintenant qu'on s'aime, je vous dirai tous mes secrets!

– Parce que vous avez...?

– Oh! oui, beaucoup... Tenez, personne ne sait où j'ai enterré Sémiramis, ma chatte.

Nola commençait à se demander si, en dépit de sa dot, il serait possible de vivre avec cette grande personne au cerveau d'enfant.

Le soir même, Fulvia annonça à sa mère :

– Maman, j'ai une grande nouvelle!

– Vraiment?

– Je vais me marier!

– Ce n'est pas la première fois. Je te rappelle que tu m'as appris tes fiançailles avec Galeas Vinsconti, fiançailles que tu as rompues pour épouser Laurent de

Médicis et il n'y a pas un mois, tu divorçais d'avec Petrarque qui refusait d'abandonner Laure. Tu as des amours bien compliquées, Fulvia.

– Il m'a embrassée...

– Qui donc, ma chérie?

– Le signor di Magliano.

– Oh!... Fulvia, c'est toi qui l'as embrassé ou c'est lui?

– Tous les deux... enfin, j'ai peut-être un peu commencé..

– Oui, je vois.. Ma pauvre enfant... Qui te protègera quand je ne serai plus là?

–3–

Dans sa chambre de la piazza Erbe, Nola passa plusieurs jours à réfléchir sur son avenir immédiat. Comme les choses étaient engagées il était à peu près certain que la signora Sassoferato donnerait sa fille à qui voudrait la prendre. Avec Fulvia, c'était une existence plus que confortable, assurée jusqu'à la fin de ses jours. Mais cohabiter avec Fulvia... sans compter qu'au fur et à mesure que les années passeront, son état mental risquait de s'aggraver. Cependant, tirer la guêtre d'un bout à l'autre de l'année... Pour don Fernandino aussi, le poids des ans se ferait sentir. Il n'était plus très éloigné le moment au-delà duquel, il ne pourrait plus payer de retour, des générosités intéressées.

Le jour de la semaine qui suivit ses tendres effusions avec la signora Sassoferato, Nola gagna le palais Rinoti avec un peu d'appréhension. Toutefois, il lui parût – grâce à sa belle imagination gênoise que le jardinier lui adressait le salut d'ordinaire réservé au Maître.

Sitôt qu'il fut arrivé, le domestique prévint le visiteur que la signora l'attendait au salon. Dona Bruna s'était vêtue de belle façon et sa beauté de femme épanouie ressortait mieux encore dans la soie et le velours dont elle était parée. Dans un sourire éclatant, mettant en valeur une dentition encore impeccable, elle accueillit son hôte avec une amicale – presque maternelle – chaleur.

– Je suis au courant de tout, Pietro. Vous permettez que je vous appelle Pietro?

– Je vous en prie.

– Je pensais que vous seriez venu plus tôt.

– Je n'osais... enfin, je me sentais...

Elle eut un rire de gorge qui ressemblait à un roucoulement.

– Au vrai, très cher, vous ne saviez pas de quelle manière je prendrais votre assaut contre la vertu de ma fille.

– Je vous assure que je ne voulais pas...

– Rassurez-vous, Fulvia m'a raconté comment les choses s'étaient passées. Il ne faut pas lui tenir rigueur si parfois, les élans d'un corps jeune ne sont pas refrénés par une éducation mal assimilée.

– Merci.

– Maintenant, Pietro, envisagez-vous d'épouser ma fille?

– Mon Dieu...

– Je comprends ce que peuvent être vos objections... Notez que Fulvia n'est pas difficile à vivre... Elle n'a guère de sautes d'humeur... et elle obéit sans difficulté... Je n'ignore pas que le mariage a d'autres exigences, mais rien ne vous obligera à changer quoi que ce soit à vos habitudes présentes et je donnerai 100000 lires de rente à ma petite.

– Cent mille!

– Cent mille.

– Je vous demande la permission de réfléchir.

– C'est tout à fait normal... Revenez dans huit jours m'apporter votre réponse.

Ces huit jours, Nola les passa dans les affres. Aucun scrupule ne le retenait, il ne possédait pas assez de sens moral pour connaître ce genre de faiblesse et cependant, sans qu'il puisse définir de quoi il s'agissait, il ne se sentait pas à son aise au moment de renoncer à un passé aventureux pour la stabilité confortable d'un riche bourgeois.

Naturellement et parce qu'il faut d'abord vivre, Fernando déclara une semaine plus tard à dona Bruna, qu'il était prêt à épouser sa fille et que la seule chose qui le retenait était la malignité publique. Il redoutait ce qu'on allait dire quand on apprendrait qu'un garçon sans le sou épousait la signorina Sassoferato. Pour apaiser ses craintes, Bruna força (sans trop de peine) son futur gendre à accepter qu'elle approvisionne, de façon décente, son compte en banque.

Le matin suivant, don Fernandino se réveilla, le sourire aux lèvres. Il regarda le décor où il vivait depuis si longtemps, un décor qu'il avait aimé jusqu'ici et qui, brusquement, lui devenait étranger parce qu'indigne de sa nouvelle position. Quand on a un compte en banque bien garni, on voit l'existence sous un angle différent. Le gendre de Bruna Sasseferato méritait autre chose que ce refuge médiocre. Il allait fixer au plus tôt le jour de ses noces et goûter enfin à cette vie dont il avait tant rêvé.

Nola n'avait plus rencontré Silio depuis qu'il s'était introduit chez les Sassoferato. Il se heurta presqu'à lui, en sortant de chez le chemisier à la mode où il venait renouveler son trousseau.

– Alors, vieux frère, on t'a donné permission de sortir seul?

– Ne te moque pas, Fernandino, ça me fait de la peine... Je sais que Bianca ne t'aime pas.

– Je le regrette.

– Il faut la comprendre! A ses yeux, tu incarnes tout ce qu'on lui a appris à détester : la paresse, la luxure, le manque de scrupules.

– ... que j'appelle, moi, l'art d'apprécier les plaisirs de l'existence, d'aimer les femmes en tant que telles – je veux dire non pas réduites au rôle de mère, ou d'épouse, ou de travailleuse – et enfin, l'indépendance vis-à-vis des autres et des carcans de la morale bourgeoise.

– Je ne crois pas que tu convaincrais Bianca.

– Mais, Silio, je me fous de ta bonne femme de quatre sous! Ce n'est pas elle, mais toi que je recevrai au palais Rinoti.

– Sans blague?

– J'épouse Fulvia Sassoferato dans moins d'un mois.

– Ça alors! mais, la petite, comment est-elle?

– Evidemment, on pourrait rêver mieux, mais 100000 lires de rente et les espérances d'une héritière unique...

– Santa Madona! 100000 lires!

– Plus le gîte – et quel gîte! – et le couvert – une chère somptueuse. Alors, entre nous, ça vaut bien de passer sur les manques de la fille, hé?

– Ça dépend de ce que sont ces... manques, comme tu dis.

– Elle est un peu demeurée... Elle s'amuse encore avec des poupées... Je serai, à ses yeux, un grand frère qu'on lui a donné pour veiller sur elle.

– Et tu penses qu'elle se contentera de...

– Il le faudra bien. Salue, quand même, Bianca de ma part et toi, tâche de venir me voir... qu'on essaie de passer quelques heures ensemble, ainsi qu'au bon vieux temps.

***

Sitôt qu'elle eut lu, dans le journal, l'annonce des fiançailles de Fulvia Sassoferato avec Fernando Nola, Bianca cria son indignation :

– L'ignoble personnage! et la mère qui vend sa fille pour s'en débarrasser! Tu étais au courant?

– Mais non...

– Silio, tu as le nez qui remue, ce qui prouve que tu es en train de mentir! Tu as rencontré cet abominable type?

– Il y a un... un mois, dans la rue.

– Pourquoi tu ne me l'as pas dit? Parce que tu avais honte?

– Parce que j'avais peur, plutôt.

— Peur? et de qui?
— De toi.
— Eh bien! tu as raison d'avoir peur! Ecoute-moi, Silio : si tu revois, volontairement, une seule fois, cet individu, je boucle mes valises et j'irai dire au commissaire Piediluco que tu as recommencé à voler!
— Oh! non.
— Si.

⁂

Pendant ce temps, le commissaire confiait ce qu'il pensait à l'inspecteur Lucera.
— Il aura réussi, le saligaud! A notre nez et à notre barbe! Le voilà qui s'installe dans le gratin! et avec la complicité de la mère! Alors, qu'est-ce que vous voulez que je fasse?
— Peut-être... révéler à la signora qui est l'homme auquel elle donne sa fille?
— Bah! je connais la petite... La mère doit être bougrement heureuse de s'en débarrasser. Ce qu'on pourrait lui raconter ne pèserait pas dans la balance, car dans l'autre plateau, il y a sa liberté et le dépôt sur les épaules d'autrui, d'un fardeau qui l'écrase. Je crois que je vais en faire une maladie.
— Reprenez-vous, Chef!
— Mais, à la réflexion, Lucera, tout n'est pas encore perdu. Tant que le mariage n'aura pas été célébré, il y aura toujours une chance qu'il ne se fasse pas, car Nola est l'homme le moins doué pour le mariage que je connaisse.
— Vous supposez qu'il se défilera au dernier moment?
— Je l'espère, Lucera, je l'espère et pour peu qu'il ait piqué quelques petites choses avant de s'en aller, je l'épingle et cette fois, je serai aidé par la signora qui ne pardonnera pas à Nola la perte de ses illusions.
— Vous êtes formidable, Chef!
— C'est vrai, Antonio.

⁂

Fulvia n'était pas une fiancée de tout repos et sa mère berçait de belles illusions quant à sa naïveté. Dès que Nola s'enfonçait sous les arbres du parc avec sa future femme, celle-ci lui sautait dessus et lui collait des baisers qui ressemblaient beaucoup plus à des prises de catch qu'à des élans de tendresse. Un jour, elle lui fit un croc en jambe, tandis qu'il se penchait sur une corbeille de rosiers remontants et lorsqu'il fut à terre, la jeune fille se jeta sur lui, arracha son veston et à travers la chemise, le mordit jusqu'au sang. Les hurlements de Fernando firent accourir le jardinier qui, non sans mal, réussit à arracher Fulvia à sa proie. Au fiancé qu'il soutenait, Alessandro dit simplement :

– Vous voyez ce qui vous attend, signore.

– Oui, je comprends pourquoi elle n'a pas trouvé de mari, jusqu'ici. C'est une vampire ou quoi?

Téramo haussa les épaules.

– Une pauvre gosse mal élevée, signore.

La signora Sassoferato ne savait que faire pour obtenir de son futur gendre qu'il tentât d'oublier l'incartade de sa fille qu'elle avait consignée dans sa chambre. Pour obtenir le pardon qu'elle sollicitait, dona Bruna offrit à Fernando un joli portefeuille contenant quelques billets de cent lires et tint à panser elle-même le blessé. Alors qu'elle s'inclinait sur sa poitrine, et que ses cheveux lui caressaient le visage, Nola sentit une étrange – mais fugitive – émotion l'envahir.

Fulvia adressa ses excuses à son promis et les choses reprirent, comme avant. Fernando ne quittait pratiquement plus le palais où on lui avait réservé une chambre. Un matin, la signorina déclara qu'elle aimerait se rendre à la fête de Sanionetto, un village situé à une dizaine de kilomètres des limites orientales de Gênes. Nola s'inclina et Bartolomeo, le cocher, les conduisit en voiture là où la signorina désirait aller.

Quand l'équipage arriva, la fête battait son plein. Heureuse, Fulvia frappait des mains. Ce qui eut été charmant chez une fillette de huit à dix ans, l'était beaucoup moins chez une adulte et on commença à regarder le couple avec curiosité, puis avec ironie. Insensible aux remous que créait son comportement, Fulvia allait de baraque en baraque, dépensant son argent en misérables colifichets qu'elle serrait sur sa poitrine et dont elle paraissait très fière. Nola en eut vite assez et souhaitait mettre, au plus tôt, un terme à cette grotesque randonnée. De plus, il s'irritait de voir ce géant de Bartolomeo les suivre pas à pas. Obéissait-il à des consignes reçues avant le départ? La signora craignait-elle que Fernando abusât de sa fille?

Sur le manège de chevaux de bois, Fulvia se livra à mille excentricités qui firent rire l'assistance. Encouragée par la foule, elle exagéra tant et si bien qu'elle fut précipitée sur le sol. Se relevant aussitôt, elle fit la révérence aux curieux et prit le bras de son fiancé pour s'éloigner. Celui-ci n'était pas content du tout.

– Allez-vous finir de vous donner en spectacle?
– Vous ne voulez pas que je m'amuse?
– Si, bien sûr, mais avec un peu plus de discrétion.
– Autrement dit, vous me trouvez mal élevée?
– Plutôt, oui!
– Et vous tenez pourtant à m'épouser?
– Je commence à me le demander...
– Oh! dégoûtant! menteur!

A la totale confusion de Fernando, Fulvia piqua une spectaculaire crise de désespoir qui eut pour conséquence immédiate d'attirer un cercle de sympathisants que, d'ailleurs, la jeune fille se fit un plaisir de prendre à témoin. On lui montra bruyamment une compréhension spontanée et on se mit à regarder de travers ce garçon qui entendait reprendre sa parole. Nola sentait une colère folle l'envahir et lorsqu'un costaud, en maillot de corps, vint lui mettre son poing sous le nez en lui affirmant qu'il était le dernier des abominables, Fernando lui colla une gifle qui, sur l'instant, imposa silence à tous et même à Fulvia. L'homme giflé, après un court moment de stupeur, s'adressa à la cantonade :

– Il a la main leste, le signorino. Il va falloir le guérir de cette faiblesse.

Nola s'apprêtait à s'excuser quand l'autre, sans le moindre préavis, lui flanqua son poing dans la figure. Jamais le fiancé de Fulvia n'avait encaissé un choc pareil. Assis dans la poussière, à moitié aveuglé, il se demandait ce qu'il lui arrivait lorsque la signorina traversa son champ de vision à une vitesse éclair et se rua, griffes en avant, sur l'apparent vainqueur qui hurla sous la douleur des ongles lui lacérant les joues. Fou de rage, il frappa Fulvia qui se retrouva sur les jambes de Fernando où elle ouvrit démesurément la bouche pour retrouver l'air qui lui manquait après avoir été frappée au plexus. Le costaud n'eut pas le temps de savourer son triomphe car il se sentit soulevé puis emporté à bout de bras dans un tourbillon qui le fit hurler de terreur jusqu'à ce qu'il partit dans l'espace pour aller s'aplatir sur la table d'un café de fortune, écrasant les coupes, cassant la bouteille, se coupant sérieusement, mais demeurant allongé comme un fakir sur son matelas de verres brisés, car il s'était assommé au point final de sa chute. Ayant procédé à l'application de cette justice expéditive, Bartolomeo aida Fulvia et son fiancé à se relever et, les prenant chacun par un bras, les conduisit à la voiture où il les installa. Au moment où le cocher s'appêtait à remonter sur son siège, Nola demanda :

– C'est toujours comme ça?

– Presque toujours, signore.

***

Il en avait assez. Devant sa glace, Nola posait des compresses humides sur son œil tuméfié. Complètement déprimé, il devait reconnaître que tout l'argent du monde ne compenserait pas le fait de vivre avec une femme qui n'était pas seulement attardée, mais folle! A quoi servirait une rente confortable si l'on devait demeurer à la maison de crainte de scandales, de pugilats et autres divertissements dont Fernando avait eu, ce jour, un avant-goût. Sans compter qu'une fois marié, il ne pourrait jamais dormir en toute quiétude, de peur d'être agressé dans la nuit par sa compagne en proie à ses phantasmes.

Ah! il s'en souviendrait de ce début de printemps 1896, don Fernandino! La chute était d'autant plus dure qu'il avait bien cru à un merveilleux port où il aurait définitivement jeté l'ancre. Une chose s'avèrait certaine : il ne voulait plus avoir affaire à cette cinglée de Fulvia. Existait-il un moyen de mettre la main sur la fortune des Sassoferato sans s'occuper de l'extravagante héritière? Il y réfléchit la journée entière lorsque, soudain, la solution lui apparut si nette, si évidente qu'il en demeura bouche bée. Comment n'y avait-il pas pensé plus tôt alors que cela entrait si parfaitement dans ses cordes!

Cet argent que Nola ne pouvait plus espérer obtenir par l'intermédiaire de la fille, il le recevrait de la mère. Dona Bruna relevait du gibier que don Fernandino pourchassait depuis qu'il avait décidé de vivre aux crochets des dames mûres. Bruna était encore très belle et, sans doute pleine d'ardeurs inassouvies. Ce devait être facile. Elle avait trop d'argent pour ne point en faire profiter l'homme qui lui rendrait (ou qui la persuaderait que son amour la lui rendait) sa jeunesse. Sûr de lui, Nola se rendit au palais Rinoti.

Le fiancé fut reçu en grande diligence. Dès les premiers pas, le visiteur sentit que tout le monde s'empressait à lui plaire, sans doute dans l'espoir de le voir oublier les incidents de la veille. Le garçon menait le jeu. Il y devina toutes les promesses. La signora Sassoferato entra en coup de vent, les bras au ciel.

— Pietro! très cher Pietro! si vous saviez à quel point je suis navrée!

— Je ne saurais vous en tenir rigueur.

— Quelle merveilleuse courtoisie!

— Mais non, signora. Je me sens si bien à vos côtés que je n'ai aucun mérite à venir me réfugier près de vous.

— Que c'est gentil! Quand vous aurez épousé Fulvia, nous vivrons en famille.

— Hélas!... je crains de ne pouvoir vous satisfaire sur ce point.

— Ce qui signifie?

— Que je n'épouse plus votre fille.

— Ah...

Il y eut un silence puis, dona Bruna remarqua d'une voix mélancolique :

— Ma pauvre petite.

— C'est impossible.

— Oh! je vous comprends... A cause de ce qui s'est passé, hier, n'est-ce pas? Vous affirmer que ces crises — déplorables, sans doute — sont très rares, ne vous convaincra pas.

— Ce n'est pas cela.

— Alors, qu'est-ce qui vous empêche d'épouser Fulvia?

— J'aime ailleurs.

— Par exemple! Vous courtisiez ma fille et vous flirtiez ailleurs?

— Non, signora. C'est en fréquentant Fulvia que je me suis aperçu que j'en aimais passionnément une autre.

Pincée, la signora Sassoferato répéta :

— Passionnément, hé?

— Passionnément, au point que je ne me sens plus le courage de vivre sans la voir chaque jour.

Dona Bruna ricana :

— Vous me confiiez la même chose au début de cet entretien!

— Naturellement, signora, puisque la femme que j'adore et vous n'êtes qu'une seule et même personne.

La signora regarda son hôte avec des yeux ronds.

— Vous... vous prétendez que... que c'est moi?

D'une voix fiévreuse, don Fernandino s'écria :

— Oui, vous! oui, c'est de toi dont j'ai besoin pour vivre!

— Vous êtes fou!

— De toi, mon amour!

Le don Juan gênois se jeta sur sa proie et la prit dans ses bras. Dans les prunelles de la dame, il découvrit la peur, mais aussi une montagne de lires!

– Lâchez-moi!

– Tu veux donc me regarder mourir!

– Lâchez-moi ou...

Nola écrasa sa bouche sur celle de Bruna et un cri horrifié retentit derrière le couple. Fernando lâcha sa victime qui s'exclama :

– Fulvia! Dieu sait ce qu'elle s'est imaginé et cela par votre faute, espèce de dépravé! Non, mais pour qui me prenez-vous? Je n'ai aucun goût pour les gigolos! Partez, signore et ne remettez jamais les pieds ici, sinon vous aurez à vous expliquer avec la police.

***

Par mesure de précaution, Nola – avant de rentrer chez lui – passa à la banque pour y ramasser les deux mille lires que la signora Sassoferato lui avait remises et qu'il avait versées à son compte. Tout au fond, ce qui blessait le plus cruellement don Fernandino était qu'il venait d'essuyer la première défaite de sa carrière de conquérant et cet échec glissait en lui, un doute qui, pour si léger qu'il fut, le démoralisait.

Dona Bruna était la première à ne s'être pas laissée convaincre par ses aveux romantiques et n'avoir pas succombé au charme brutal de son baiser. Quelles que soient les excuses que sa vanité inventait pour panser la cruelle blessure faite à sa réputation, et à son amour-propre, c'était grave. La nuit, Nola mit beaucoup de temps à trouver le sommeil et ce fut pour se débattre dans des cauchemars ayant toujours un thème identique : partout où il se rendait, les femmes s'enfuyaient.

Au matin, Fernando avait retrouvé le moral. Il pensait que la signora Sassoferato était trop grande dame pour s'abaisser à lui réclamer l'argent qu'elle lui avait donné et avec deux mille lires, il pourrait vivre longtemps en rentier. Il achevait de se raser lorsqu'on frappa à sa porte. Sans savoir pourquoi, Nola fut pris de panique et s'enquit d'une voix légèrement chevrotante :

– Qui est là?

– C'est moi, Silio.

S'en voulant de son émotion stupide, Nola ouvrit à son ami de toujours.

– J'ai profité d'une course que j'avais à faire sur le port, pour venir jusqu'ici.

– C'est gentil.

– ... pour te mettre en garde, Bianca est déchaînée et sitôt qu'elle aura terminé son boulot, elle courra chez le commissaire Piediluco.

– Chez le... mais pour quelles raisons?

Surpris, Silio regarda son camarade.

– Comment! Tu n'es pas au courant?

– De quoi?

– Fulvia Sassoferato s'est pendue cette nuit.

– Seigneur!... Quelle idiote! mais qu'est-ce qu'il lui a pris?

– Tu dois le savoir mieux que personne, non?

– J'ai l'impression que je devrais prendre des vacances.

– Je suis là pour t'aider à faire ton bagage.

– Ecoute, Silio, pendant que je boucle ma valise et que j'avertis ma logeuse, file me prendre un billet de seconde classe pour Rome.

***

Très déprimé, le commissaire Piediluco expliquait à Bianca :

– Je comprends votre indignation et la partage. Dès que j'ai été mis au courant du geste dramatique de Fulvia Sassoferato, je me suis précipité au palais Rinoti et, une fois de plus, je me suis heurté à une fin de non-recevoir de la signora Sassoferato. Elle m'a confié que sa fille s'était détruite parce qu'elle était malade mentale d'abord, parce que son fiancé – Pietro di Magliano, que nous connaissons, vous et moi, sous un autre nom — avait reculé au moment de conclure le mariage. Elle a donné pas mal d'argent à notre homme, mais n'entend pas les lui réclamer et ne souhaite qu'une chose : que la triste aventure de sa fille soit oubliée au plus tôt.

— Elles n'ont rien dans les veines, ces femmes-là!

— Elles vivent dans la hantise du scandale.

— Mais enfin, Nola s'est présenté au palais Rinoti sous une fausse identité! Ne pouvez-vous le poursuivre?

— Encore faudrait-il que je sache où il est parti.

— A Rome... C'est mon mari qui lui a pris son billet.

— Eh bien! je vais alerter mes collègues romains.

⁂

Pendant ce temps, don Fernandino, qui se méfiait de la discrétion de Silio, roulait en direction de Venise.

CHAPITRE IV

1

L'année 1896 s'acheva, l'année 1897 passa sans que personne, à Gênes, n'ait entendu parler du fugitif. Silio le tenant pour mort, le pleurait, à la grande colère de Bianca jurant que celui qui aurait trucidé ce voyou de Nola, ou le médecin qui n'aurait pas su le guérir, eut mérité d'être béatifié. Quant à Piediluco, obstiné dans sa rancune il répétait, sans se lasser, à qui voulait l'entendre :

– Des individus dans son genre ne meurent pas aussi facilement que les honnêtes gens. Nola reviendra et j'espère bien que je pourrai enfin, lui mettre la main au collet.

Mais celui dont certains rêvaient de modifier brutalement le sort menait, pour l'heure, la plus douce des existences à Vienne où – n'eut été le climat – il se serait trouvé aussi bien qu'à Gênes. Tout lui plaisait, dans la capitale autrichienne, le décor, les merveilleux souvenirs qu'évoque chaque rue, les gens, leur gentillesse, leur passion pour la musique. Fernando arrivait à en oublier sa ville natale.

A la vérité, don Fernandino n'était pas parti directement pour Vienne, mais dans le train qui devait l'emmener à Venise, il avait sottement pris peur. Le suicide de Fulvia lui avait porté un coup. Le regret et le remords se mélangeaient pour lui donner une telle mauvaise conscience qu'elle en arrivait à percer sa carapace d'égoïsme. Et puis la crainte... Au fur et à mesure que le train roulait, le voyageur se persuadait que le commissaire Piediluco l'avait pris en chasse. Dieu qu'il avait été stupide de se confier à Silio! Il n'était pas douteux que la police devait le rechercher. Devenu la proie de cette hantise imbécile, Nola avait quitté son wagon à Milan et pris un billet pour Munich, ville où, pendant un mois, il s'était fort ennuyé. Et puis, un matin, il décida d'aller plus loin encore et se rendit à Vienne. Il ne devait pas en bouger pendant plus d'un an.

Fernando, en quelques semaines, fut conquis par Vienne et se demandait comment, jusqu'ici, il avait pu vivre loin de cette merveilleuse ville. Tout, ici, l'enchantait. Il aimait errer, sans but, dans les rues de la vieille cité où il se figurait entendre le pas de Mozart ou de Beethoven accordé au sien. Il ne se passait guère de jour qu'il ne se rendît à un concert quelconque dans cette capitale folle de musique. Quand le temps était beau, il gagnait le Prater où défilaient de somptueux équipages. Les femmes, surtout – qu'elles fussent de grandes dames protégées par un mari ou des valets de pied, ou de jolies filles simples et rieuses marchant sur le Ring en se tenant bras-dessus, bras-dessous – l'affolaient. Le samedi soir, il se rendait à Grinzing pour y boire du vin blanc et danser jusqu'à l'aube. Par les dimanches ensoleillés, il allait ramer sur le Danube, et manger des saucisses dans les guinguettes du bord de l'eau.

Les fêtes de Noël de 1896 devaient être pour Nola celles qu'il se rappellerait tout au long de sa vie, avec le plus de plaisir. Notre homme entama la nouvelle année avec un optimisme qui dura jusqu'à Pâques. Ce jour-là, il eut la sotte idée de faire ses comptes et s'aperçut qu'il ne lui restait plus grand-chose de la somme " empruntée " aux Sassoferato. Il était temps de se secouer, de se mettre en quête de ressources nouvelles. Comme la mentalité de don Fernando était ainsi faite, il se demanda où il aurait le plus de chance de pouvoir rencontrer, aborder une dame un peu mûre, riche et susceptible de se montrer généreuse envers un garçon qui lui rendrait le cœur de ses jeunes années en lui permettant de rêver encore un peu.

Comme tous les Viennois, le Gênois savait que l'endroit idéal pour apercevoir le plus grand nombre de veuves fortunées au mètre carré, était assurément chez Sacher, dont le chocolat était mondialement connu.

Pendant deux semaines, Nola poursuivit sa quête attentive. Il avait sympathisé avec un serveur – Italien de Livourne – qui, tout en lui confessant sa nostalgie du pays natal, lui désignait les personnalités brillantes parmi la clientèle. Fernando devait à une longue habitude de posséder un flair lui permettant de débusquer le gibier rare, la proie exceptionnelle. Un après-midi, sur le tard, il vit entrer une femme qui répondait exactement à celle qu'il cherchait pour assurer sa subsistance. Il appela le serveur.

– Dis-moi, Marcello... celle qui vient d'entrer... cette grande femme brune?

Le Livournais qui, dès leur première rencontre, avait parfaitement compris quel était le " métier " de son client, le traitait avec une certaine familiarité.

– Ah! celle-là, signore, c'est du nanan! Mina Gräthofund Marstadt, veuve du général-baron Gräthofund Marstadt, qui commandait la cavalerie croate de l'Empereur. Il est mort, il y a deux ans, laissant à sa veuve, un fils de quarante ans, Otto, marié à Elizabeth von Kalpenbach. Le couple vit dans une oisiveté dorée en attendant la mort de la baronne ce qui, du coup, le mettrait en possession de l'héritage du général-baron, qui comprend avec une fortune en liquide, à ce qu'on dit, déposée à la Brankers Bank, l'hôtel particulier de la Herrengasse et le château de l'Helemental. En résumé, signore, une dame bien pourvue. Un seul ennui : elle prétend approcher la cinquantaine. Elle se trompe de dix ans.

– Peut-être a-t-elle une mauvaise mémoire?

– Ce doit être ça. – et baissant la voix, Marcello

ajouta – Figurez-vous, signore, que petite fille, elle a joué aux grâces avec François Joseph, notre empereur?

Don Fernandino soupira :

– Ça se voit... Marcello, nous allons combiner un petit plan qui, s'il réussit, ne vous fera pas regretter de m'avoir rencontré. La baronne occupe-t-elle toujours la même place?

– Quand elle est libre.

– Alors, voilà ce que vous allez faire...

***

L'attaque eut lieu trois jours plus tard. A peine la baronne eut-elle franchi le seuil du salon de thé que Marcello se précipitait pour la conduire à sa table préférée. Lorsqu'elle y eut pris place, elle promena un regard impérial sur la salle et marqua sa surprise en voyant un fort bel homme encore très jeune, qui se levait et la saluait. La baronne appela le serveur.

– Marcello, savez-vous qui est cette personne, près du pilier?

– Un Italien, Madame la Baronne... Il s'appelle Fernando Nola... Je pense que c'est un exilé politique.

– Ah? un lanceur de bombes?

– Oh! Madame la Baronne, un garçon si distingué... Non, c'est un Gênois qui est très mal vu par Rome car il ne se cache pas pour dire et écrire que son pays était plus heureux sous la tutelle de Vienne.

– Un esprit distingué, à ce que je comprends.

– Sans aucun doute, Madame la Baronne.

– Dites-moi, Marcello... Ce garçon me connait?

– Il vous admire, Madame la Baronne.

– Amusant...

– Je crois qu'il serait au comble du bonheur si vous daigniez, Madame la Baronne, lui adresser la parole.

– Comme vous y allez!

– Excusez-moi, Madame la Baronne.

– Enfin... nous verrons. Apportez-moi mon chocolat et un morceau de tarte.

*
**

Une semaine passa et, Mina confia au serveur.

– Marcello... vous pouvez dire à ce Gênois que je l'autorise à venir prendre le thé à ma table.

La baronne fut émue par la promptitude de Nola qui se précipita, se lança dans un discours où il bafouilla exprès à la façon de quelqu'un profondément troublé. Mina s'en montra, tout ensemble, amusée et touchée.

– Eh bien! Monsieur... vous voilà devant moi... nous bavardons... Etes-vous satisfait?

– Oh! Madame! mon bonheur est au-delà de toute expression!

– Dieu que vous êtes drôle! pourquoi cet enthousiasme?

– Parce que depuis que je vous ai vue, j'ai ressenti un choc... comme si, soudain, il m'était donné de passer la frontière d'un monde inconnu, fermé où il ne me serait jamais permis de pénétrer...

– Vous m'intéressez, Monsieur et, s'il vous plaît, nous nous reverrons sans doute.

– J'en serais si heureux!

Il avait donné sa réplique avec une telle chaleur que, pour la première fois depuis longtemps, Mina von Gräthof und Marstadt s'installa dans sa voiture en chantonnant.

Après cette première entrevue, les évènements se précipitèrent. Mina accepta une soirée à l'Opéra, puis une promenade à Mayerling, enfin une excursion dans la Forêt Viennoise. Entre cette femme mûre et cet homme jouant les coquebins, les sentiments passaient – sincèrement d'un côté, mensongèrement de l'autre – par d'étranges étapes. C'est peu à peu, avec beaucoup de précautions, que Mina quitta le domaine limité de la sympathie pour se glisser dans un univers plein de périls pour les cœurs trop sûrs d'eux-mêmes. En se réveillant, un matin, la baronne scruta son visage devant son miroir et la question qu'elle n'osait pas formuler chanta dans sa tête : pouvait-elle encore être aimée par un homme, son cadet de très, très loin? Elle ne se permettait pas de répondre, mais le seul fait qu'elle se refusait cette facilité disait assez ce qu'elle avait envie de répondre. On jouait la Tosca lorsque Mina permit à Fernando de lui prendre la main. Ils allaient côte à côte dans un chemin campagnard quand Nola passa son bras autour de la taille de sa compagne. C'est en sortant d'un cabaret champêtre du côté de Leobendorf que, rougissant comme une pucelle, la baronne donna ses lèvres à l'impétueux Gênois. Se dégageant de cette étreinte, elle s'écria :

— Mon Dieu! Je suis folle!

Fernando se jeta à ses pieds et lui baisant les mains, la supplia :

— Oh! Mina, ma reine... ne me dites pas que vous regrettez cet élan si vous ne tenez pas à me désespérer.

Du grand art!

— Je suis trop âgée pour...

— Taisez-vous! tais-toi, mon amour! N'insulte pas notre tendresse! Ne sais-tu pas qu'il n'y a pas d'âge pour aimer?

Le résultat de cette scène mélodramatique fut qu'on pria le Gênois de venir passer la fin de la semaine au " Königlicher Fähnrich ", le château ancestral des Gräthof und Marstadt.

De retour à son hôtel, Nola jugea que ses affaires allaient bien. Au minimum, la baronne pourvoirait largement à ses besoins jusqu'à la fin de l'année et lui remettrait — de bonne grâce ou non — le viatique nécessaire pour lui permettre de regagner Gênes après un si long exil, pendant lequel on avait dû l'oublier.

S'il avait su ce qui se tramait au " Königlicher Fähnrich ", le Gênois eut été moins assuré de lendemains heureux. En effet, par Franz le cocher, Otto — le fils unique de Mina et son seul héritier — connaissait l'existence de l'Italien et, à peu près, ce qu'il manigançait avec sa mère; cela l'irritait fort. C'était un homme puissant, sanguin, plus audacieux qu'intelligent. Sa fortune, sa brutalité naturelle obligeait tout le monde à plier, lui donnait à croire qu'il voyait juste et avait toujours raison. Il supportait de plus en plus difficilement le joug maternel. Sa femme, Elizabeth, encore plus attachée que son mari aux avantages matériels de ce monde, haïssait frénétiquement sa belle-mère dont la seule présence l'empêchait de mener l'existence indépendante et luxueuse qu'elle estimait lui être due.

Ce fut au moment où ils prenaient le café dans le petit salon du château, sous l'œil sévère de Frédéric II que la baronne annonça à ses enfants, qui étaient sur le point de se retirer :

— A propos... j'ai oublié de vous signaler que j'ai invité pour samedi et dimanche, un mien ami, Fernando Nola. C'est un homme jeune, de belle tournure, parfaitement élevé. Bref, je veux espérer que vous lui ferez bon accueil.

Otto protesta :

— Voyons, mère! Nous sommes chez vous et n'avons point à porter de jugement sur le choix de vos hôtes... Ce Nola est Italien, je suppose?

— Un Gênois.

Elizabeth se mêla au débat.

— Les Gênois sont industrieux, d'ordinaire. Dans quoi travaille ce Monsieur?

Mina répliqua avec hauteur.

— Il ne travaille pas, ma chère. Exilé politique, il a vécu avec l'argent qu'il a pu emporter.

La bru ricana :

— Et dont, naturellement, il ne lui reste plus rien.

— Elizabeth, vous ne cessez de me contraindre à me rappeler que vous avez de la parentèle dans la charcuterie. C'est d'elle, sans doute, que vous tenez votre esprit mercantile et votre passion pour l'argent.

— En tout cas, moi je...

Otto ordonna sèchement :

— Elizabeth! c'est à ma mère que tu parles!

Mina eut un sourire triomphant.

— Merci, mon fils. Bonsoir, mes enfants.

De retour dans leur appartement, les héritiers se défoulèrent. Elizabeth s'emportait contre l'insolence de sa belle-mère et reprochait à son mari de l'avoir laissée l'insulter sans réagir.

– Ma chère, ma mère ne vous a pas insultée puisque ce qu'elle a dit, touchant une certaine branche de votre famille, est vrai. De plus, vous savez que Mina pourrait, sinon nous déshériter, du moins diminuer beaucoup notre héritage, si nous la fâchions pour de bon. Je ne pense pas que ce soit ce à quoi vous aspiriez?

– Non, mais avez-vous pensé, Otto, qu'elle serait capable de disposer d'une grosse partie de son avoir en faveur de cet Italien?

– Si j'y pense? Je ne pense qu'à ça!

– Et vous espérez pouvoir l'empêcher de...

– Je l'empêcherai, Elizabeth, je vous en donne ma parole.

– 2 –

Don Fernandino fit son entrée au " Königlicher Fähnrich ", un samedi de juillet et fut immédiatement transporté par la beauté du parc, traversé en partie, et par l'allure impressionnante du château. C'était autre chose que le palais Rinoti! La différence entre une famille de sang bleu et des marchands de fromages!

La chambre qui lui était réservée donna l'impression au Gênois de pénétrer vraiment dans un monde dont il parlait sans en rien connaître. Tout lui était découverte, tout lui était émerveillement. Il ressentait, cependant, une gêne légère, la conviction de n'être pas à sa place, dans ce somptueux décor, d'y être entré par effraction. Pourtant, il se demandait déjà comment il ferait pour s'en passer désormais. Sa chambre de la piazza Erbe, sa logeuse, Silio, Bianca et même le commissaire Piediluco lui semblaient appartenir à une autre planète.

Un domestique vint avertir Nola que la baronne l'attendait au petit salon et qu'il se ferait un plaisir de l'y conduire, si, toutefois, il était prêt. Sur la réponse affirmative de l'Italien, le domestique marcha à pas comptés jusqu'à une porte ornée de reliefs dorés l'ouvrit et annonça :

– Signore Fernando Nola.

Puis, il s'effaça pour laisser entrer celui qu'il précédait, referma l'huis et s'en alla rejoindre la troisième femme de chambre à qui il donnait, deux fois par semaine, des leçons particulières.

Don Fernandino s'était assis sur le canapé, à côté de la baronne et lui avait, fiévreusement pris les mains dans les siennes.

– Oh! Mina... Penser que je suis là, chez vous, près de vous, il y a de quoi perdre la tête!

La châtelaine se dégagea.

– Modérez votre ardeur, cher ami, je vous en prie... Si l'on vous surprenait me tenant de la sorte...

– N'êtes-vous point maîtresse chez vous?

– Sans doute, sans doute... mais il y a les usages... Mon fils et sa femme ne voient pas votre venue d'un bon œil... Nous devons ménager leur jalousie, leur susceptibilité.

Sec, il remarqua :

– Pourquoi m'avoir fait venir, alors?

– Parce que je t'aime et que j'ai besoin de ta présence!

A nouveau, de la part du Gênois, ce furent des transports que la baronne eut toutes les peines du monde à maîtriser. En vérité, Fernando n'eut pas tellement redouté un éclat que l'on aurait, peut-être, tenté d'étouffer avec un peu d'or.

– Si vous m'aimez vraiment, mon doux ami, montrez plus de retenue, sinon vous causerez notre perte à tous deux!

– Mais ce n'est pas possible!

– Je vous expliquerai... Attention! les voilà!

Otto fit son entrée, suivi d'Elizabeth. Nola jugea l'homme lourdaud et sans la moindre distinction. Quant à sa femme, du premier coup d'œil, il comprit qu'il avait là une ennemie décidée. Il feignit la désinvolture et conta son émerveillement devant les splendeurs dues tout aussi bien à la nature qu'aux artistes, abritées par le " Königlicher Fähnrich ". Du bout des lèvres, on lui fit compliment sur son bon goût et la baronne appela pour qu'on servit le thé.

Pendant cette cérémonie rituelle, le Gênois s'efforça de plaire. Il n'y réussit pas, tant on était prévenu contre lui. Alors qu'il vantait les qualités d'une commode dont il décrivait, avec subtilité, les perfections, Elizabeth l'interrompit en ricanant :

– Quelle flamme, Monsieur! J'ignorais que les gens de... de votre milieu, s'y connussent si bien en œuvres d'art.

La baronne frémit et son fils jeta un regard courroucé à son épouse, tandis que sans se démonter, don Fernandino répliquait, badin :

– Pourquoi, Madame? Ce sont quand même eux qui leur donnaient le jour et je pense qu'il est plus facile d'accumuler des rentes que d'avoir du goût ou du tact!

Elizabeth se leva d'un jet, le sourcil froncé, l'œil noir.

– Excusez-moi!

Lorsqu'elle eut quitté la pièce, au bout d'un moment, Mina déclara :

– Vous pouvez rejoindre votre femme, Otto, si le cœur vous en dit.

– Avec votre permission, mère.

– Et conseillez-lui de se maîtriser, surtout qu'elle est un peu diminuée pour soutenir ces joutes où l'esprit est l'arme essentielle. Je vais montrer le parc à notre hôte.

⁂

Ils marchaient à pas très lents dans les allées que leur ampleur faisait ressembler à des avenues creusées dans un pays de rêve. Tous les cinquante mètres, une statue jalonnait les parcours. Les nymphes et les déesses se mêlaient aux guerriers et les tendres courbes des anatomies féminines rendaient encore plus sévères, par comparaison, les armures aux lignes géométriques. Sous les belles futaies, des sculpteurs anonymes avaient fixé dans la pierre l'élan d'un cerf poursuivi ou la hargne d'un sanglier prêt à affronter le chasseur et les chiens. Parfois, au pied d'un arbre, auprès d'une fontaine, un satyre jouait de la flûte, tout en dansant.

Mina avait pris la main de son protégé dans la sienne et le conduisait au long des sentiers charmants comme Mentor guidait Télémaque. Elle le mena ainsi dans une grotte d'opérette où coulait une petite source aux cascadelles soigneusement étudiées. Ils prirent place sur un banc faussement rustique et la baronne dit d'un ton pénétré :

– N'est-on pas bien là, loin de tout?

– Je serais bien n'importe où, pourvu que vous soyez à mes côtés.

– Grand fou! Je viens chaque jour ici, me rappeler ce qu'a été ma vie et songer à ce qu'elle aurait pu être. On m'a mariée à un homme beaucoup plus âgé que moi et qui n'aimait que les chevaux. A ses yeux, le dernier de ses palefreniers comptait plus que moi.

– Ma pauvre chérie...

– Je n'ai pas voulu Otto et je ne l'ai jamais aimé. Il me rend au centuple mon indifférence. Elizabeth et lui estiment que – par décence – je n'aurais pas dû survivre à leur génial père et beau-père. Un cheval qui le haïssait tout autant que moi, a fait ce que j'aurais tant voulu faire : lui fendre le crâne.

– En somme, tu n'as pas été heureuse?

– Non... jusqu'au jour où je t'ai rencontré. Oh! Fernando, tu m'as permis, à mon âge, de savoir enfin ce qu'est ce bonheur dont j'ai si souvent entendu parler.

– Ah! Mina, je voudrais être riche pour t'emmener loin de ce château où tu n'as que de mauvais souvenirs.

– Riche! Mais tu l'es puisque je le suis!

Ce n'était pas du tout l'opinion de Nola. Il essaya de le faire comprendre à son interlocutrice.

– J'ai ma fierté, Mina. Ce n'est pas à vous que j'ai besoin d'expliquer ce qu'est la nécessité du respect de soi-même. Aimer une femme fortunée quand on n'a pas un sou en poche... n'est-ce pas un défi jeté à l'opinion publique? sans compter que je ne puis vous offrir les cadeaux que je souhaiterais pouvoir vous offrir.

— Cher Fernando...

En bref, après un long et habile plaidoyer, le Gênois fut supplié d'accepter une bourse de cent schillings d'or.

Et les choses continuèrent de la sorte jusqu'à la fin de cette année 87. La baronne entretenait très largement son amant qui, en garçon prévoyant, envoyait des fonds à son compte en Italie. Mina et don Fernandino menaient une existence paisible et dorée. Tous les jours ou presque, les amoureux effectuaient de jolies promenades dans la campagne viennoise quand le temps le permettait ou des visites de musées lorsque le ciel se montrait maussade. Toutes les fins de semaine, Nola arrivait au " Königlicher Fähnrich ".

Aux approches de Noël, les choses se gâtèrent. Un peu avant la grande fête chrétienne, Elizabeth et Otto prièrent la baronne de leur accorder un entretien. Mina reçut le couple dans sa chambre.

— Eh bien! qu'y-a-t'il? Que se passe-t-il, Otto?

— C'est à propos de vos réceptions de fin d'année.

— Oui.

— Nous souhaiterions, Elizabeth et moi, que vous ne mêliez pas cet Italien à nos hôtes.

La baronne toisa sa belle-fille et demanda à son fils, avec infiniment de mépris :

— De quoi se mêle-t-elle, celle-là?

Sous l'outrage, Elizabeth bondit.

— De vous empêcher de ridiculiser de nom des Gräthof und Mrasstadt ".

Sans daigner la regarder, la mère continua à s'adresser à Otto.

— C'est aussi votre avis?

— Exprimé un peu moins brutalement, oui.

— Parfait.

— Mère, je vous en prie, reprenez-vous! Une femme de votre rang, se commettre avec un aventurier italien!

— Otto, je n'ai pas été aimée... et voilà que par miracle, à mon âge, il m'est permis de connaître l'amour et vous voudriez que je renonce à ce bonheur inespéré pour plaire à Elizabeth et sa stupide vanité!

— Mais enfin, mère, vous avez vingt ans de plus que lui!

— Une telle réflexion, de votre part, me surpend...

— Je ne vois pas en quoi?

— Parce que vous aussi, vous avez vingt ans de plus que cette Lizzie Pernitz, la petite danseuse du " Missikalische Ratte " que vous entretenez généreusement depuis trois ans.

Le râle de fureur que poussa Elizabeth couvrit les protestations indignées d'Otto.

— Vous me trompez depuis trois ans?

— Je vous expliquerai.

— Je n'ai pas besoin d'explication! Vous êtes un monstre!

Une fois de plus, Elizabeth quitta la pièce, tremblante de fureur et environnée de cris. Otto s'en prit à sa mère.

— Comment avez-vous pu oser...

— Et vous?

— Quoi? moi?

— Comment avez-vous pu oser critiquer ma conduite en présence de votre idiote de femme?

Ce soir-là, Mina s'endormit délicieusement bercée par les cris provenant de la chambre d'Otto. Elle songea que, décidément, cette Elizabeth était fort vulgaire et aurait mérité de vendre du saucisson au lieu de jouer les châtelaines.

Pendant que se déroulait ce mini-drame, Fernando se livrait à un de ces exercices qu'il détestait, mais auquel il se voyait contraint, malgré lui, à intervalles fixes : l'introspection, mais une introspection plus matérielle que psychologique. Autrement dit, Nola balançait sans cesse entre le souci d'assurer son existence et le dégoût du joug conjugal. De nouveau, Mina lui posait un problème. Certes, elle avait de l'argent, beaucoup d'argent mais... plus de soixante ans d'âge...

L'existence serait difficile et, sans doute, très surveillée, ce qui n'était pas fait pour plaire à notre Gênois. Cependant, il devait aussi prendre en considération qu'il abordait l'âge critique des don Juan. Il ne pouvait éternellement guetter l'oiseau rare. Finalement, il ne savait quelle décision adopter. En outre, il commençait à avoir une nostalgie de plus en plus aiguë de la côte ligurienne et de sa vie d'autrefois.

Nola passa les fêtes de fin d'année au château et quelques jours après le début de 1888, alors qu'il était parti fumer un cigare dans le parc, il décida d'aller faire un tour dans cette belle vallée d'Helenental. Il soufflait un vent léger pas désagréable, qui ne faisait que fortifier un optimisme naturel. Dans un creux dû à un silence subit, Fernando eut l'impression qu'on marchait derrière lui. Il n'aperçut personne. Cependant, cédant à une sorte de panique larvée ne reposant sur rien de précis, il tourna les talons et se hâta vers le château. Au moment où il allait pousser le portillon par où il était sorti, deux ombres se dressèrent devant lui.

— Qu'est-ce que vous voulez?

En réponse, un poing jaillit dans la nuit et le frappa durement au visage. Nola poussa un cri et chancela. Aussitôt, les coups s'abattirent sur lui. Vainement, il tenta de protéger sa figure, son ventre. Ses assaillants étaient des hommes qui connaissaient leur métier. Ils ne s'arrêtèrent de frapper que lorsque leur victime eut roulé au sol, évanouie.

Werner, le domestique qui était venu chercher Fernando dans sa chambre, lors de son premier séjour au Königlicher Fähnrich pour le conduire à la baronne, rentrait d'une promenade nocturne et sentimentale en compagnie de Monica, la troisième femme de chambre, quand il buta sur le corps du Gênois.

*
**

Lorsque don Fernando reprit conscience, il souffrait de partout. Il se rendit compte qu'il était couvert de pansements. Au chevet de son lit, Mina avait l'air inquiète. Elle imposa silence au blessé qui tentait de parler.

— Nous discuterons de cela plus tard, quand vous serez mieux.

Sur ce conseil, la baronne quitta la chambre et se rendit chez son fils où elle fit une entrée dramatique.

— Otto! vous croiriez-vous encore au Moyen-Age?

Avec son air hypocrite, qui ne pouvait abuser personne, il feignit de s'étonner :

— Que voulez-vous dire, mère?

— Otto! j'ai une furieuse envie de vous gifler!

Elizabeth se jeta au secours de son mari.

— Vous n'oseriez pas le...

Une maîtresse paire de claques lui coupa la parole et l'envoya, suffocante, dans un fauteuil où, son souffle retrouvé, elle se perdit dans de lugubres gémissements. Son mari s'emporta :

— Comment avez-vous pu? Ma propre femme! Ah! si vous n'étiez pas ma mère!

— Eussiez-vous préféré que je la fasse rouer de coups par deux voyous?

— Je ne comprends pas...

— Pauvre Otto, toujours aussi lâche... Ne croyez-vous pas que cela ferait bon effet si je demandais à la police d'ouvrir une enquête sur cette agression? Je craindrais fort que votre réputation n'en sortît ternie. Mais rassurez-vous, j'appartiens à une lignée où l'on règle, seul, ses problèmes. Vous avez cru m'abattre par cet attentat sur la personne de l'homme que j'aime.

Otto sursauta.

— Que vous aimez!

— Que j'aime!... et que j'ai l'intention d'épouser.

— Non!

— Si! je commencerai les démarches la semaine prochaine.

— Vous allez nous déshonorer!

— Qu'importe si mon bonheur est à ce prix! et je veux être heureuse, vous entendez, Otto? heureuse, ne fut-ce que quelques années!

— Vous êtes folle!

— Parce que je suis moins sordide que vous? Otto, je vous laisserai, avec joie, à vos amours tarifiées et celle-là à ses calculs. Je vous souhaite, à tous deux, bien du plaisir.

Elle s'en fut à la manière dont l'ange venu annoncer au premier couple qu'il avait à déguerpir en vitesse du Paradis terrestre, avait du s'éloigner tandis que, libérée par le départ de sa belle-mère, Elizabeth retrouvait son énergie pour traiter son mari d'incapable et de bon à rien.

— 3 —

Il fallut quatre jours pleins au Gênois pour redevenir, moralement et physiquement, semblable à lui-même. De la râclée reçue, il ne gardait que des chairs endolories par endroits et un visage marbré de taches aux couleurs étranges. La veille de son départ, Mina vint le trouver pour lui déclarer :

— Cher Fernando, je n'oublie pas que c'est à cause de moi que vous avez enduré mort et passion.

— Votre amour, chérie, mérite toutes les épreuves.

— Il n'y en aura plus!

Nola, sans trop savoir pourquoi, sentit une sourde inquiétude poindre en lui.

— Ah?

— Je ne peux pas tolérer qu'on s'en prenne à l'homme que j'aime!

— Parce que vous savez qui...

— Mon imbécile de fils, naturellement, et sa garce de femme! Cela a toujours été dans les habitudes des " Gräthof und Marstadt ", d'éliminer les gêneurs d'une façon radicale.

— Charmant!

— Assassiner un Fernando Nola n'a pas tellement d'importance aux yeux de la bonne société et de la loi.

— Vous trouvez?

— Mais tuer un homme qui a pour femme légitime une Gräthof und Marstadt, c'est une autre affaire!

— Pardon?

— Dès que je vous aurai épousé, vous n'aurez plus rien à craindre, très cher. Ou alors, il faudra qu'ils se résignent à nous massacrer tous les deux! Etes-vous rassuré, mon beau chevalier?

— On le serait à moins!

Don Fernandino quitta le château avec des sentiments très mélangés. Si, d'une part, après les promesses farouchement exprimées de Mina, il pouvait espérer un avenir doré, l'attentat dont il avait été victime, les mœurs brutales des Gräthof und Marstadt, ne laissaient pas de l'inquiéter. En fin de compte, il réintégra son hôtel viennois dans la Turchlauben Strasse et, allongé sur son lit, il écoutait chanter les cloches de S.Peters Kirche, sans arriver à décider si le carillon en était triste ou gai, incertitude qui trahissait la confusion de ses sentiments, de ses désirs, de ses idées. Ayant demandé qu'on lui montât du café, une jeune et gentille soubrette lui apporta sa commande. La fille n'était pas jolie, mais fraîche et respirait la santé. Sans doute, n'y avait-il pas longtemps qu'elle était descendue de sa montagne.

— Comment vous appelez-vous, mon petit?

— Gertrude, pour vous servir.

— Vous n'êtes pas de Vienne?

— Oh! non... Je suis de Bregenz, dans le Vorarlberg.

La servante s'étant retirée, Nola resta un long moment à rêver. Pourquoi n'avait-il pas épousé une fille simple et gaie comme cette Gertrude? Les yeux clos, il se voyait dans une coquette ferme avec un joli troupeau de vaches aux robes claires et nettes, paissant dans des prairies émaillées de fleurs multicolores. La forêt séparerait ce séjour idyllique du reste du monde. Le Gênois, installé sur une chaise longue, suivait la course des nuages dans un ciel immuablement bleu. Gertrude, pieds nus, dansait pour lui seul sur l'herbe et dans un vent léger qui gonflait sa robe. Pas une seconde, don Fernandino ne se posait la question de savoir qui travaillait dans cet univers paradisiaque. De toute façon, il est vrai, ce n'eut pas été lui.

Dans l'après-midi, Nola s'offrit une promenade mélancolique, dans une Vienne à qui un ciel gris faisait perdre tout son charme. En traversant le jardin de la Hofbierg, l'exilé pensait au soleil de Gênes, à ses reflets sur la mer, à la douceur de l'air. La violence du souvenir l'arrachait à l'empire de Mina et de ses millions, mieux que n'importe quelle menace. Non, même si on lui en donnait loisir, il ne vieillirait pas dans l'Helenental. Sans trop y penser, il se dirigea vers la gare afin de se renseigner sur les heures des trains pour l'Italie.

Fernando, après avoir déjeuné, s'endormait doucement dans un des confortables fauteuils de sa chambre lorsque le téléphone l'arracha à cette aimable torpeur. La réception l'avertissait qu'une dame demandait à le voir. Il répondit qu'on la fît monter.

Selon son habitude, Mina exécuta une entrée remarquable.

– Mon Fernando, l'heure de l'épreuve va sans doute sonner. Je suis venue te dire que je compte sur ton courage, comme tu peux compter sur le mien!

Le Gênois n'appréciait pas cet exorde et ne répliqua point. Mina s'en étonna.

– C'est là ta réaction?

– Encore faudrait-il que je sache quelle espèce d'épreuve nous attend?

– Le notaire de la famille – Me Karl Möbleberg – m'a appris qu'hier après-midi, il avait reçu la visite de mon crétin de fils et de son Elizabeth, lui réclamant des précisions sur la marche à suivre pour tenter de me faire interdire. Naturellement, Karl les a envoyés promener, mais il ne m'a pas caché qu'ils avaient l'air résolu et qu'ils trouveraient sûrement un homme de loi plus ou moins honnête qui, moyennant une jolie récompense, apprécierait leur action auprès du Tribunal.

Oh! que Nola redoutait ces complications hypothétiques dont la seule évocation le mettait mal à l'aise.

– Mais... mais une enquête ne peut vous être défavorable?

– A part quelques gamineries n'ayant que l'importance qu'on souhaite y attacher.

Le Gênois commençait d'être réellement inquiet.

– Quelles sortes de gamineries?

– Oh! je ne me rappelle pas... par exemple, un matin, j'ai dansé nue sur la grande pelouse de l'entrée. Si tu avais vu tous ces croquants qui, à la grille du parc, écrasaient leurs figures concupiscentes sur les barrreaux... j'en ris encore! Tiens, c'est comme le soir où j'ai désiré faire monter Delphine dans ma chambre pour passer la nuit en sa compagnie...

– Delphine?

– Une pouliche que j'adorais... Les âmes pauvres et les cœurs secs ne sauraient comprendre la douceur de ces tendresses qui nous rattachent à la mère nourricière.

Maintenant, don Fernandino était certain que s'il ne tenait qu'à lui, il ne finirait pas ses jours en Autriche.

– Je te raconte toutes ces bêtises, mon chéri, parce qu'il est possible qu'Otto et Elizabeth transforment ces innocentes plaisanteries en preuves de démence, avec l'appui de domestiques soudoyés... Mais ne te fais aucun souci : si l'on me chasse du Königlicher Fähnrich, nous nous retirerons, toi et moi, dans un petit domaine hérité de ma mère, dans la région de Linz et je te jure que nous y serons heureux même si nous devons y mener une existence pathétiquement pauvre!

En dépit de ses efforts, Nola ne parvenait pas à avoir l'air convaincu.

⁂

Dans la chambre où traînait encore le parfum de Mina, le Gênois luttait contre la dépression. Elle était folle ou quoi, cette baronne? A la rigueur, moyennant une très belle compensation financière, on pouvait envisager de terminer ses jours au côté d'une vieille femme à qui son énorme fortune permettait de se battre victorieusement contre l'outrage des ans, mais accepter de vivre auprès d'une femme décrépite et trop pauvre pour lutter contre les injures du temps, il faudrait avoir perdu la tête. Et Nola n'était pas devenu subitement idiot! Il avait raté son coup, il devait en prendre son parti et se précipiter à la gare pour y prendre le premier train en direction de l'Italie.

Don Fernandino récupéra son optimisme naturel en faisant son bagage. Il oubliait ses déceptions, les dangers courus pour ne penser qu'à une chose : demain, il flânerait sur le pont de Gênes et se chaufferait à un soleil sans lequel, la vie ne vaut pas la peine d'être vécue. Bien qu'il s'apprêtât à l'abandonner, l'exilé retrouvait, pour Vienne, la tendresse qui avait été la sienne en la découvrant et il décida de s'offrir une ultime promenade dans la ville.

Nola venait d'annoncer son départ à la réception de l'hôtel lorsque quelqu'un lui frappa sur l'épaule. Il se retourna : le baron Otto lui faisait face.

– Pourrais-je vous entretenir en particulier, signore?

– Mais... mais oui... bien... bien sûr...

Fernando conduisit le baron dans le coin le plus reculé du salon. Les deux hommes s'installèrent dans des sièges confortables. L'Italien s'étonna de constater que son hôte souriait. Celui-ci s'enquit :

– Auriez-vous peur, signore?

– Peur... pourquoi aurais-je peur?

– Peut-être à cause de la petite séance nocturne de dimanche dernier?

– Ainsi, vous reconnaissez que... !

– Mais oui, signore et je vous présente mes excuses.

– Dans ce cas...

– Naturellement, toute votre attitude, votre comportement, vos discours auprès de ma mère ne sont que les divers actes de la même comédie?

– Je... je ne comprends pas...

L'expression d'Otto se fit plus brutale.

– Allons, signore, le jeu est fini... Aimez-vous ma mère au point de l'épouser?

– C'est-à-dire que...
– Pas de faux-fuyant! oui ou non?
– Vous êtes extraordinaire! Une pareille réponse demande réflexion!
– Vous n'avez jamais éprouvé la moindre tendresse pour ma mère qui pourrait être la vôtre, si l'on s'en tient à l'âge.
– Vous allez! vous allez!
– Osez donc prétendre que ce n'est pas vrai!
– Pourquoi, alors, aurais-je courtisé la baronne?
Otto sourit et répondit doucement :
– Mais parce que vous êtes un ruffian, signore, qui vit aux dépens des dames d'un âge mûr et un peu folles.
– Je ne vous permets pas de...
– Vous ne tenez pas à ce que je me fâche pour de bon, n'est-ce pas? Alors, taisez-vous et écoutez-moi. Mes amis de la police viennoise ont demandé, à Gênes, des renseignements sur votre compte. Pas brillants, hein? Il y a quelques-uns de leurs collègues de là-bas qui n'ont pas l'air de vous apprécier beaucoup... Notamment, un certain commissaire Piediluco. Vous connaissez?
– Ma bête noire...
– Il serait très heureux si je lui donnais l'occasion de vous mettre la main au collet.
– Pour quel motif?
– Ne le prenez pas sur ce ton et répétez-vous deux choses : un, je n'ai nul besoin de fournir un motif à notre Service de Sécurité pour qu'il vous expulse; deux, que l'escroquerie au mariage est un très joli chef d'accusation.
Nola se savait vaincu et ses arguties insoutenables n'étaient qu'un baroud d'honneur, pour lui-même. Il ne jugea pas nécessaire de poursuivre la partie avec un partenaire qui avait tous les atouts dans sa main. Il capitula.
– Alors?
– Je préfère cela. Signor Nola, parce que je m'appelle Otto von Gräthof und Marstadt, je ne veux pas

courir le risque d'un scandale qui éclabousserait ma mère.

Un sourire ironique courut sur les lèvres du Gênois à la façon d'une brise vespérale ridant à peine la surface d'un étang, mais pour si fugitif qu'ait été ce sourire, Otto l'aperçut.

– Plutôt que d'aller au devant de cette éventualité, je préfèrerais vous tuer.

– Me tuer!

– Ou mieux, vous faire tuer par mes gens, ce qui, vous en conviendrez, ne changerait pas grand-chose pour vous?

– J'en conviens!

– Parfait. Un train part pour Venise, ce soir. Un conseil : prenez-le. Voici votre billet et ne remettez jamais plus les pieds en Autriche, vous y êtes brûlé. Désormais, il vous faudra choisir vos victimes sous d'autres climats. Adieu, signore, au plaisir de ne plus vous revoir.

Pour exercer le métier qu'il exerçait, don Fernandino n'était pas très chatouilleux sur le plan de l'honneur, mais rarement, il avait été humilié comme il venait de l'être et cela lui faisait très mal. Pour la première fois, peut-être, il prenait une juste conscience de son délabrement moral et, du même moment, s'interrogeait sur ce que pourrait être sa vie dans une solitude que l'âge lui rendait, chaque jour, plus pesante.

En espérant éclaircir les idées sombres l'accablant, le Gênois s'en fut se promener dans Vienne. Fuyant le Ring et sa lourdeur germanique, il se perdit avec plaisir dans les ruelles de la vieille ville où, pour les initiés, se promenaient tant de fantômes. Il mangea dans un de ces petits restaurants typiques où, avec un peu de bonne volonté, on retrouve des échos de la Vienne d'autrefois. Fernando reprenait peu à peu goût à l'existence, lorsqu'un couple prit place à une table proche de la sienne. Le garçon et la fille étaient jeunes, beaux et visiblement beaucoup plus préoccupés de leur amour que de ce qu'il y avait dans leur assiette. Du coup, ce que mangeait Nola lui parut fade et il se hâta de payer et de sortir pour échapper au spectacle de ces deux imbéciles, s'aimant comme il aurait voulu aimer et être aimé.

Déprimé, don Fernandino s'enferma dans la chambre de l'hôtel qu'il ne quitterait que pour gagner la gare. Dans cette pièce au décor impersonnel, le souvenir des femmes qui l'avaient aimé et dont il s'était joué, vint lui tenir compagnie pour rendre ses regrets plus poignants encore. Il se jugeait toujours le plus fort, le plus intelligent, le plus malin et, aujourd'hui, il se reconnaissait le plus désarmé, le plus démuni puisqu'ayant perdu jusqu'à l'espoir.

Vers neuf heures du soir, on avertit le Gênois qu'un domestique de M. le baron von Gräthof und Marstadt l'attendait à la réception. Il descendit et vit un des valets de pied du Königlicher Fähnrich, vraisemblablement un de ceux qui l'avaient rossé. Il n'en laissa rien paraître. Le domestique s'empara de ses valises, et les porta dans la voiture attendant devant l'entrée de l'hôtel. Quand Fernando voulut régler sa note, on lui répondit que tout était payé.

A la gare, le valet conduisit le voyageur jusque dans le compartiment où sa place était réservée. Après avoir refusé, avec hauteur, le pourboire que l'Italien lui offrait, le domestique descendit sur le quai et n'en bougea que lorsque le train s'ébranla.

CHAPITRE V

1

La tête lourde, la bouche amère, en descendant du train à Gênes, Nola ne ressentit pas la joie à laquelle il s'attendait. Il éprouvait la triste sensation qu'un siècle s'était écoulé depuis qu'il avait quité sa ville natale et que c'était un tout autre homme qui rentrait chez lui. Le cocher qui le conduisit à la piazza Erbe, ne cessa de monologuer pendant le trajet sur le prix de l'avoine, la malhonnêteté des commerçants et l'incapacité des autorités gênoises, sans que Fernando entendit un seul mot de ce que le bonhomme racontait.

A la piazza Erbe, la propriétaire reçut son ancien locataire en béant d'étonnement.

– Don Fernando! qui aurait cru! on pensait que vous étiez mort!

– Heureusement que non, du moins pour moi. Nous bavarderons plus tard si vous le voulez bien. Pour l'heure, j'ai envie de me reposer un peu.

– C'est que... il y a un ennui.

– Un ennui?

– Un gros ennui. J'ai loué votre chambre.

– Vous avez loué...

– Oh! mais à quelqu'un de très bien : un vicaire de S.Lorenzo. Hébété, Nola répétait :

– Alors, je n'ai plus de chambre...

– Dame! mettez-vous à ma place? plus de nouvelles, plus de loyers... il faut vivre, don Fernando, hé?

– Je commence à me demander si cela en vaut la peine...

– Pardon?

– Rien... rien... et que sont devenues mes affaires? mes meubles?

– N'ayez pas peur, j'en ai pris soin... Vous les trouverez dans le hangar qui est au fond de la cour... Pour le loyer, on s'arrangera toujours.

– S'il vous plaît, je vous laisse ma valise et reviendrai la prendre dans la soirée dès que j'aurai trouvé un gîte.

– Venez la chercher quand vous voudrez, je ne bougerai pas de chez moi.

Nola abandonna la maison où il avait vécu si longtemps. Il ne se mit pas en quête d'une chambre. Il s'était produit une sorte de coupure entre la réalité et lui. Il gagna le Corso Quadrio d'où, hêlant un fiacre, il se fit conduire jusqu'au Corso Italia et à pied, se rendit à la chapelle de S.Nazzaro au bout de ce petit cap rocheux qu'est la Punta Vagno. On était un dimanche et tout prêt de midi, ce qui expliquait le désert des lieux. Même la mer, aussi loin qu'on pouvait regarder, était vide. A part le bruit continu des vagues, qui faisait songer à un métronome et les cris des oiseaux marins se poursuivant dans l'air transparent d'une journée ensoleillée, un silence total imprégnait le paysage. Dans le silence, don Fernandino se trouvait confronté avec lui-même et il ne possédait plus l'énergie nécessaire pour affronter un tel combat. Jusqu'ici, ce qui l'avait sauvé, c'était une sorte d'insouciance, une espèce d'amoralité lui permettant de considérer chacune de ses entreprises comme un jeu. Depuis que le baron autrichien l'avait brutalement défini en quelques mots, le Gênois semblait avoir pris conscience de son ignominie et l'évidence à laquelle il se rendait, le laissait sans réaction. Ah! il était bien loin le fringant séducteur dont le souvenir attristait tant de femmes désespérées, humiliées et résignées à une défaite sans appel. Nola n'était plus qu'un quadragénaire qui, à son tour, encaissait mal la sévère leçon que la vie infligeait à ses prétentions.

Don Fernandino, sans se soucier d'abîmer ses chaussures, ni de fripper son costume, descendit au bord de l'eau. Ne serait-ce pas le moment d'en finir et d'échapper ainsi au sort qui le menace? Il n'avait pas particulièrement envie de mourir, mais il n'avait plus le courage de vivre. Il se redressa avec peine car des tas de choses le retenaient, mais plus nombreuses encore étaient celles qui le poussaient. Il allait répondre à ce long appel, chuchoté plutôt que prononcé, arrivant de la mer, lorsqu'on s'enquit doucement :

— Avez-vous vraiment décidé de vous noyer, signore?

Nola se tourna du côté d'où venait la voix.

— Qui a parlé? Qui êtes-vous? où êtes-vous?

— Ici.

Le Gênois regarda franchement derrière lui et aperçut une femme dont l'élégance des vêtements disait assez qu'il ne s'agissait pas d'une pauvresse. Stupéfait, il posa la question stupide qui lui monta aux lèvres.

— Que faites-vous en un pareil endroit?

— Et vous?

— Moi? Il semble que vous l'ayez deviné, non?

— Alors, sachez que je me trouve en cet endroit pour la même raison que vous.

— Quoi! Vous voulez dire que...

— ... j'ai l'intention d'en finir avec la vie, oui.

— Voyons, ce n'est pas possible!

— Parce que?

— Parce que vous êtes encore jeune!

— Vous n'avez pas l'air vieux.

— C'est moralement que je le suis.

Tout en parlant, Fernando monte vers l'inconnue. Une femme qui approche de la cinquantaine, avec de beaux restes, un regard très doux. Ils s'assoient sur un rocher plat.

— Si je ne suis pas trop indiscrète, signore, pourquoi voulez-vous mourir?

– Parce que je suis seul, parce que je serai toujours seul et parce que je n'aurai bientôt plus un sou vaillant. Trois bonnes raisons. Et vous?

– Parce que je suis seule, parce que je suis riche et que cet argent ne me sert à rien.

Dans la réponse, Nola crut découvrir un signe que lui adressait le Ciel, pour lui faire reprendre le goût à la vie. Avec son impudeur naturelle dont il n'était pas guéri, le Gênois attribuait au Ciel, d'étranges complaisances. Il n'empêche que cette quinquagénaire jolie, désespérée et riche, était la proie dont il avait rêvé pendant toute son existence. Il reprenait espoir. Après la tempête viennoise, avait-il enfin trouvé le havre où il pourrait jeter l'ancre définitivement? Il n'osait pas encore croire à sa chance.

– Je m'appelle Fernando.

– Et moi, Palma.

Ils restèrent un long moment sans parler puis la femme dit :

– Pourquoi avez-vous choisi cet endroit pour en finir avec vos soucis?

– Je ne sais pas. Et vous?

– Je ne sais pas non plus.

Ils se turent de nouveau et ce fut encore Palma qui rompit le silence.

– Et si l'on avait voulu que nous nous rencontrions?

– Pour quelles raisons?

– Nous empêcher de faire ce que nous avions l'intention de faire.

– Qui?

– Dieu!

Nola haussa les épaules.

– Dieu a d'autres soucis...

– Qui peut l'affirmer? Fernando, racontez-moi?

– Quoi donc?

– Votre vie.

– Elle n'a aucun intérêt.

– Quand même...

Alors, le Génois se lança dans un récit qui n'avait pas

grand rapport avec la réalité. A l'écouter, on avait l'impression que le Ciel, sa vie durant, l'avait poursuivi d'une haine implacable. Tous les obstacles avaient été dressés sur sa route, chaque ascension péniblement réussie, était inexorablement suivie d'une chute douloureuse. Les femmes l'avaient trahi, les hommes l'avaient combattu et le résultat en était le pitoyable suicide raté de ce dimanche. La seule vérité que Palma put engranger, fut le nom de son compagnon qui n'avait pas jugé bon de cacher son patronyme.

Quand Fernando (se prenant à son propre jeu) eut achevé sa pseudo-confession d'une voix étranglée par l'émotion, Palma posa la main sur la sienne.

— Mon pauvre ami...

A son tour, Palma Fiuggi (tel était son nom) entra dans la voix des aveux. Cinq années plus tôt, elle avait perdu un mari qu'elle adorait. A l'en croire, Gianfranco Fiuggi — qui s'était enrichi dans le commerce de la boucherie en gros — avait été un être exceptionnel que nul autre ne pourrait jamais égaler. Sans doute, parce qu'elle avait été trop heureuse, Palma ne pouvait supporter la solitude. Elle était de ces gens qui ne savent pas prendre une décision, qui sont nés pour obéir. Son époux parti, Palma était perdue. Il lui fallait un bras auquel se raccrocher. Fernando, en l'écoutant, entendait sonner les cloches intemporelles de la victoire.

— Je pense — remarqua Palma — que Dieu n'a pas voulu que nous nous rencontrions pour nous séparer aussitôt. Je crois, sincèrement, que nous pouvons nous aider l'un l'autre.

— Oh! si je pouvais vous réconforter et vous redonner l'envie de poursuivre votre route, je n'aurais pas été complètement inutile sur cette terre.

— Vous m'avez bien confié que vous n'aviez plus de demeure où vous réfugier?

— Hélas!

— Alors, je vous attendrai, ce soir, vers sept heures, chez moi. Ma maison est grande et il y a de quoi vous loger.

— Une telle bonté...

– Chut!... J'habite dans la via Zara, la villa " Le Tortore ". Venez, maintenant. Elle se leva et lui tendit la main.

***

Avec l'argent de Mina, Fernando s'offrit un excellent repas et s'en fut flâner dans les rues ensoleillées et calmes autour de la piazza Corvetto. Il construisait doucement, scientifiquement des rêves d'avenir, sans précipitation inutile et sans illusions prématurées. Malgré lui, cependant, il souriait à sa chance. Il n'avait plus rien du désespéré qui, quelques heures plus tôt, songeait au suicide. Cette Palma était un fruit facile à cueillir, un fruit pas désagréable du tout et offert dans une corbeille pleine d'argent. Nola devrait mener un siège patient. Il s'y sentait disposé.

Soudain, dans la via Raggio, don Fernandino se heurta presqu'au commissaire Piediluco. Le policier réagit avec brutalité :

– Vous ne pourriez pas regarder où... Nola!

– Bonjour, Commissaire.

– Un bon jour, en effet, que celui qui me permet de vous retrouver.

– Je ne me cachais pas.

– A peine... Presque deux ans d'absence... Figurez-vous que je redoutais d'apprendre que les Autrichiens vous avaient arrêté!

– Ils n'avaient aucune raison de le faire!

– Peut-être n'avez-vous jamais entendu parler de la baronne Gräthof und Marstadt?

– Nous devions nous marier... Seulement, son fils et sa bru ont tremblé pour leur héritage.

– Tandis que vous, vous étiez désintéressé?

– En tout cas, l'argent n'était pas mon but!

– Quel âge a la baronne?

– Ma foi, je ne sais pas, au juste.

– Une vingtaine d'années de plus que vous!

– Ah?

– Vous êtes un beau saligaud, Fernando Nola.

– Chacun son opinion.
– Vous ne pouvez deviner la joie que j'éprouverai quand les portes de la prison se refermeront sur vous.
– On ne saurait dire que vous êtes imprégné de l'esprit de charité.
– Voilà la meilleure! Vous démolissez les foyers, vous désespérez les veuves, vous poussez une jeune fille au suicide et vous venez me parler de charité? Tenez, asseyons-nous sur ce banc, un instant.
Ils prirent place l'un à côté de l'autre.
– Une bien vilaine affaire que le suicide de Fulvia Sassoferato.
– Je n'y étais pour rien!
– Ce n'est pas mon opinion et ce n'eut pas été celle du tribunal si l'on vous avait coincé à l'époque.
Piediluco eut un soupir de regret.
– Une belle occasion de manquée...
– Commissaire, puis-je vous poser une question?
– Allez-y!
– Pourquoi me haïssez-vous à ce point-là?
– Je vous l'ai déjà dit. A cause d'Adelina, ma femme.
Le commissaire se leva.
– Vous comprenez pourquoi je ne vous lâcherai pas, Nola?
Sans ajouter un mot, il s'éloigna d'un pas rapide. Fernando ignorait ce genre d'attachement à une infidèle. A ses yeux, Piediculo devenait une sorte de monstre préhistorique. Mais il avait peur car il ressentait la haine du policier comme une chose tangible, palpable. Son euphorie d'après le repas s'était envolée. Désemparé, ne sachant qui appeler au secours, il se dirigea instinctivement vers la demeure du seul ami qu'il ait jamais eu : Silio Ossidi.

***

En voyant Nola sur son seuil – le premier instant d'étonnement passé – Bianca s'écria :
– Vous! Que venez-vous faire ici?

– S'il vous plaît, je voudrais parler à Silio.

– Non! Mon mari n'a rien de commun avec des gens de votre espèce!

– Je vous en prie?

– Non, fichez le camp!

Attiré par le bruit, Silio apparut.

– Qu'est-ce qu'il se passe, Bianca? Oh! par la Madone! Fernandino...

– Toi aussi, tu vas me fermer ta porte?

– Moi! Tu es fou ou quoi? entre, vieux frère... on prenait le café. Mets une tasse de plus, Bianca.

– Mets-la toi-même! ce n'est pas mon invité, mais le tien!

Silio conduisit son ami dans la salle à manger.

– Ne prête pas trop attention à ce que raconte Bianca... Elle est un peu nerveuse, ces temps-ci, peut-être parce qu'elle attend un bébé...

Nola s'enthousiasma :

– Un enfant! tu auras bientôt un enfant!

Acariâtre, Bianca s'exclama :

– Ça vous embête, peut-être?

– Oh! non... et je suis heureux pour vous deux... Un enfant, vous en avez de la chance!

Lui tapant sur l'épaule, Silio conseilla :

– Tu n'as qu'à faire comme nous!

Moqueuse, sa femme donna son avis :

– Tu oublies que les signora que ton ami fréquente ne sont plus en âge de pouponner!

Ce coup-là, Silio se fâcha :

– Ça suffit, Bianca! Cette méchanceté ne te ressemble pas! On ne t'a pas appris que celui qui sonne à ta porte, a droit au respect, à la compréhension?

– Tu m'obligerais à respecter une espèce de maquereau!

– Fais attention, Bianca, ne me pousse pas à bout!

– Si tu préfères un assassin à ton épouse, ça te regarde, pour moi, je dis que sa seule présence souille l'air que je respire!

Fernando protesta :

– Je n'ai tué personne!

– Personne, hein? et Fulvia Sassoferato, vous l'avez déjà oubliée?

– Ce n'est pas moi qui...

– Non, bien sûr, ce n'est pas vous qui l'avez accrochée à la branche, mais c'est comme si vous l'y avez conduite en la tenant par la main!

– Bon, je comprends qu'il vaut mieux que je m'en aille.

– C'est ce que vous avez de mieux à faire!

– D'accord...

Nola touchait la poignée de la porte, quand Silio s'écria :

– Non! Il ne sera pas dit que Silio Ossidi a chassé son presque frère venu lui tendre la main!

Bianca hurla :

– S'il reste, c'est moi qui pars!

– Eh bien! va t'en, femme sans cœur!

– C'est de cette façon que tu traites la mère de ton futur fils?

– Mon petit Roberto, il aurait honte d'avoir une maman au cœur si sec!

Les hurlements de la jeune femme se muèrent en gémissements lugubres qu'elle n'interrompit que pour remarquer :

– Tu oses m'insulter devant mon fils!

– Là où il est...

– Et qui te dit qu'il ne nous entend pas?

– Alors, donne-lui le bon exemple!

Sans discuter plus longtemps, Bianca partit s'enfermer dans sa chambre et Silio, en compagnie de son copain Fernando, tout en buvant le café et en vidant force petits verres de grappa, essayèrent de faire revivre un passé qui leur collait à la peau et dont Bianca, par la force des choses, était exclue.

***

Il y avait, maintenant plus d'un mois, que Fernando vivait dans la villa de la signora Fiuggi. Les jours passaient sans qu'ils s'en aperçoivent tant il était heureux, car un bouleversement s'était produit dans l'existence et dans le caractère de Nola : il était amoureux de son hôtesse. Lui qui n'avait jamais aimé personne que lui-même, en arrivait à vouloir se sacrifier pour le bonheur de Palma. Il ne voyait d'ailleurs pas en quoi pourrait consister ce sacrifice. C'est peut-être ce qui lui donnait cet extraordinaire et inattendu esprit de renoncement.

Palma s'affirmait la plus délicieuse des compagnes. Ses années de vie conjugale n'avaient atténué en rien sa fraîcheur d'âme. Auprès d'elle, Nola regrettait le temps qu'il avait perdu, dilapidé en de fausses amours. De son côté, la signora Fiuggi sentait que son compagnon s'attachait de plus en plus à elle. Elle en était flattée à cause de son âge et heureuse, parce qu'elle aussi aimait celui qui était devenu son amant.

Un soir qu'ils profitaient des dernières lueurs du jour en se promenant dans le parc, Palma demanda :

– Fernando, croyez-vous en Dieu?

– Cela dépend des jours.

– Vous vous moquez!

– Non pas, ma très chérie... Je n'ai, jusqu'ici, vu l'humanité que sous un angle tellement abject qu'il m'était bien difficile de croire à une puissance tutélaire, mais depuis que je vous connais...

– Depuis que vous me connaissez?

– Je crois profondément en Dieu car Lui seul pouvait vouloir qu'existât une créature aussi adorable que vous.

– Vous m'aimez donc?

– Si je vous aime! Oh! je ne sais comment exprimer ce dont mon cœur déborde dès que je pense à toi.

– Tu es gentil...

– Non, c'est beaucoup plus grave : je suis sincère.

Ils firent quelques pas, la main dans la main, n'ayant plus rien à exprimer sur ce sujet.

– Fernando... te rends-tu compte que nous vivons, toi et moi, dans le péché?

– Peu importe, pourvu que tu continues d'être à moi!

– Ne parle pas ainsi! Ignorerais-tu que chacun de

nos baisers chacune de nos étreintes seront payés d'une grande somme de douleurs et qu'elles mettent en péril notre salut éternel?

– Puisque je goûte sur cette terre, grâce à toi, les joies du paradis...

– Tais-toi! je ne veux pas que tu blasphèmes, fut-ce au nom de l'amour que tu me portes!

Inquiet, Nola murmura :

– Qu'est-ce que tu n'oses pas me confier, Palma?

– Que nous ne pouvons pas continuer de la sorte.

– Ah! bon... il faut que je m'en aille, n'est-ce pas?

– Ça te peinerait?

– Plus que tu ne pourras jamais l'imaginer, ma pauvre chérie.

– Fernando chéri, je n'ai pas envie que tu partes...

– Alors?

– Alors, nous allons nous marier et de cette façon, tout rentrera dans l'ordre.

Interloqué, Nola ne sut que répondre. Il ne parvenait pas à croire à sa chance. L'amour, la fortune, tout. Puis, au moment où il allait se jeter à ses pieds et lui crier sa tendresse, une sorte de houle intérieure le submergea. Il tenait trop à Palma pour bâtir, en sa compagnie, une existence fondée sur un mensonge. Pourtant, il savait que s'il parlait, Palma se détournerait de lui.

– Ma chérie... il faut que je vous dise...

– Quoi donc?

Il hésita un instant et, finalement, se confessa.

⁂

Accrochée au bras de son mari, Bianca promenait au soleil un ventre qui s'arrondissait sérieusement, dans les jardins du Palazzo Gropallo. Silio et elle se perdaient dans des rêves touchant l'aventure humaine qui serait celle du petit bonhomme ou de la petite bonne femme que la future maman portait en elle. Ils se trouvaient à la sortie de la via Durozzo lorsque Bianca poussa un cri étouffé et montra du doigt – sans pouvoir articuler un mot – une voiture découverte où don

Fernando se prélassait au côté d'une personne très élégante. L'épouse de Silio ne retrouva l'usage de la parole que lorsque l'équipage se fut éloigné. Bianca bégaya :

– Tu... tu as vu? non, mais... mais tu as vu?

– Fernando...

– Et avec la signora Fuiggi, une des veuves les plus riches de Gênes!

– Sacré Fernandino... Il retombe toujours sur ses pieds!

– Mais au prix de quelles canailleries!

– N'empêche que...

– Dis tout de suite que tu l'admires? que tu l'envies?

Silio haussa les épaules, accablé.

– Lui, au moins, il aura été autre chose qu'un garçon de restaurant.

– Et il aura fréquenté de plus jolies femmes que toi?

– Je n'ai pas dit ça...

– Mais tu le penses! Tu me dégoûtes! Je voudrais que mon fils et moi mourrions là, à tes pieds. Ainsi, tu serais libre de recommencer ta vie au lieu de nous abandonner plus tard! Ah! mon pauvre garçon ne méritait pas un père comme toi!

– Tu ne crois pas que tu exagères?

– Non.

– Enfin, veux-tu m'expliquer pour quelles raisons, je vous abandonnerais, le petit et toi?

– Tu y seras bien obligé quand on t'emmènera en prison!

– En prison?

– Ton admiration pour Nola te ramènera fatalement sur le chemin d'où j'ai eu tant de mal à t'arracher.

– Cesse donc de débiter des sottises, Bianca! Dans le monde où évolue Fernando, il n'y a pas de place pour un minable de mon espèce!

– Tu le regrettes?

– Parfois...

Bianca refusa le bras de son mari pour rentrer chez eux.

***

Le commissaire scrutait attentivement le visage de la jeune femme assise devant lui, dans son bureau.

– Pourquoi en voulez-vous tant à Fernando Nola?

– A cause de mon mari.

– Expliquez-vous, signora.

– Il exerce un véritable envoûtement sur Silio.

– Pour quelles raisons?

– Pour le milieu dans lequel il vit et que Silio ne cesse de comparer au nôtre, pour les dames riches et élégantes avec lesquelles Fernando doit coucher alors que Silio est obligé de se contenter de la sienne.

Piediluco sourit :

– Si vous me permettez d'exprimer ma pensée, sur ce sujet délicat, je dirais qu'il n'a pas la plus mauvaise part.

– Ce n'est vraisemblablement pas son avis!

– A vous de modifier son opinion, signora. Dans ce domaine, la police ne peut rien.

– Il faut éloigner Nola de Gênes, commissaire, je vous en prie?

– Sous quel prétexte?

– Il est sûrement en train de méditer un coup aux dépens de la signora Fiuggi.

– Comme nous le connaissons, il y a des chances, en effet, mais je ne puis agir de manière préventive. La loi ne m'y autorise pas.

L'inspecteur Lucera entra discrètement dans le bureau, un journal à la main.

– Monsieur le Commissaire...

– Cela ne peut attendre, Lucera?

En réponse, le policier tendit le quotidien où quelques lignes avaient été encadrées de rouge. Piediluco les lit et poussa un juron.

– Pardonnez-moi, signora, mais... mais cela dépasse l'imagination. " La signora Palma Fiuggi – veuve de

Gianfranco Fiuggi dont tous les Gênois se rappellent la brillante carrière – a le plaisir d'annoncer ses fiançailles avec le signor Fernando Nola, rentier ".

A son tour, Bianca gloussa de stupéfaction.

– Ce n'est pas possible! Dieu n'autorisera pas ça!

Le commissaire haussa les épaules.

– Si nous ne devions compter que sur le Seigneur pour débrouiller nos affaires...

Scandalisée, la jeune femme protesta :

– Vous ne croyez pas à la justice de l'Eternel!

– Si, mais elle est trop lente pour les fonctionnaires que nous sommes.

Il se leva.

– Je me battrai jusqu'au bout, signora, pour empêcher la victoire du vice sur la vertu. Lucera, appelez Morgiato pour qu'il me conduise à la via Zara.

Bianca partit, rassérénée. Elle avait tort.

***

Quand le maître d'hôtel se glissa dans le salon où Palma et Fernando jouaient aux dames, pour prévenir sa maîtresse que le commissaire Piediluco sollicitait une entrevue, Nola manqua s'évanouir en gémissant :

– Encore lui!

– Je vous en prie, Fernando, reprenez-vous. Eduardo, installez ce policier dans la bibliothèque. Je l'y rejoins.

Le domestique s'étant éclipsé, Palma gronda son amant :

– N'avez-vous pas honte de vous conduire de la sorte? On dirait vraiment que c'est le diable qui se présente chez nous!

– Oh! Palma, pour moi il est pire que le diable! il est venu pour s'opposer à nos projets, il ne veut pas que je puisse être heureux. Et il y parviendra!

– Si je le lui permets.

– Ah! vous ne le connaissez pas!

– Justement, mon chéri, je vais faire sa connaissance.

*
**

Palma, en voyant la longue silhouette funèbre de Piediluco, le jugea très déplaisant; de son côté, le policier admira son hôtesse du moment et songea qu'en prenant de l'âge, Adelina était peut-être devenue une femme aussi appétissante que la signora Fiuggi, mais pour le plaisir d'un autre.

– Commissaire Piediluco?

– Pour vous servir, signora.

– J'espère n'avoir jamais besoin de vos services, signore.

– Qui sait, signora?

– Puis-je vous demander l'objet de votre visite?

– Votre prochain mariage, signora.

– Tiens! Je ne pensais vraiment pas que ma vie privée intéressât la police de Gênes.

– Cela dépend des gens qui y sont mêlés.

– Et si vous parliez clairement, commissaire?

– Soit... Mais, d'avance, je vous prie de me pardonner la peine que je pourrais vous infliger.

– Allez! Allez!

– Signora, il s'agit de Fernando Nola qui n'est pas l'homme que vous vous figurez.

– Réellement!

– En deux mots comme en cent : c'est un escroc.

– Ah bah?

– Naturellement, vous ne me croyez pas.

– Mais si!

– Et c'est tout l'effet que cela vous produit?

– J'étais au courant.

– Non?

– Si...

– Et malgré...

– Malgré.

– J'ai du mal à admettre, signora, que vous sachiez...

– Je sais, commissaire.

– Y compris la mort de Fulvia Sassoferato?

— Y compris le suicide de cette pauvre malade.
— Dans ces conditions, je n'ai plus qu'à me retirer.
— C'est aussi mon avis...
Le policier se leva et Palma tira sur la large bande de passementerie reliée à une cloche dont le son grêle retentit dans la maison. Le domestique entra.
— Eduardo, reconduisez le signor Commissaire.
Piediluco s'inclina :
— Je vous aurai prévenue, Signora.
— Je vous remercie de votre démarche inutile, puisque je l'étais déjà.

***

Le commissaire s'éloigna de la villa " Le Tortore " dans un état de fureur quasi démente. Etait-il possible que les femmes fussent aussi sottes? était-il possible d'admettre qu'une aussi parfaite fripouille que Fernando Nola ait le droit de vivre en bourgeois honoré parce qu'il serait entretenu par une idiote ayant pignon sur rue? où était la morale? où était la Justice? et la loi qu'on bafouait sans que lui, Piediluco, ne puisse rien tenter pour la défendre?

Rentré au commissariat à pied, le commissaire — fourbu mais pas calmé — rencontra Lucera qui commit l'erreur de lui demander :
— Alors, ça y est, Chef, vous l'avez eu encore une fois ce salaud de Nola et la veuve éplorée a fondu dans vos bras?
Piediluco explosa :
— Non, Inspecteur, ça n'y est pas! et je vous prie de parler en d'autres termes du signor Nola qui, bientôt, tiendra le haut du pavé à Gênes et qu'il ne fera pas bon d'avoir pour ennemi. Non, Inspecteur, la veuve n'était pas éplorée, mais rayonnante et elle n'a pas fondu dans mes bras, elle s'est contentée de me foutre à la porte!
— Pourtant, Chef, vous lui avez appris...
— Je lui ai tout dit, mais elle est comme une chèvre au printemps : à moitié folle.
— Et elle va réellement épouser Nola?

– En bonnes et justes noces, Inspecteur! Après cela, nous aurons l'air malin d'arrêter des petits voleurs à la tire! et la morale, hein? il ne va plus y avoir que les idiots pour y croire!

– Je suis effondré, Chef.

– Moi aussi, Antonio, car j'avais axé ma carrière sur la mise hors d'état de nuire de Nola et dans le duel qui nous oppose depuis des années, c'est lui qui gagne! Je me suis battu jusqu'au bout et je n'ai rien à me reprocher. Seulement, je suis de ceux qui sont assez fidèles à leur métier pour ne pas assister sans désespoir au spectacle déprimant de la Justice bafouée. Je me propose de demander mon changement.

– Oh! Chef! vous nous quitteriez!

– Je ne me sens ni le courage ni la force d'applaudir au triomphe du signor Fernando Nola.

Ce soir-là, plus que les autres soirs, Piediluco sentit le froid de la solitude le pénétrer en poussant la porte de son foyer désert. Penser que lui, le bon citoyen, l'homme probe était privé de ce qui demeurait le bien premier de tout être vivant alors que ce misérable Nola...

Assis dans sa cuisine que chauffait pauvrement le fourneau qu'il venait d'allumer, le commissaire mangeait, sans enthousiasme, la triste nourriture du célibataire : des nouilles, une tranche de jambon et du fromage. Par contre, pour tenter d'apaiser cette fureur qui ne cessait de gronder en lui, Piediluco but presque deux litres de Barbaresco et, assomé, il s'effondra sur son lit sans prendre la peine de se déshabiller.

–2–

Le commissaire n'avait jamais passé, dans son service ou auprès de ses pairs, pour un joyeux drille, mais depuis sa visite à la villa Fiuggi, son humeur s'était encore assombrie. Ceux qui le connaissaient le mieux affirmaient qu'il était au bord de la dépression nerveuse. Il maigrissait à vue d'œil et négligeait de plus en plus sa tenue. Face à cette déchéance, l'inspecteur Lucera se désespérait. Les dossiers s'accumulaient sans que son chef songeât à les consulter. Assis dans son fauteuil, le regard vague, Piediluco restait des heures sans bouger, sans rien faire, sous les yeux effarés de ses subordonnés.

Un matin – huit jours avant la célébration du mariage de Palma et de Fernando à San Nazzaro sur la Punta Vagno (caprice qui surprit tout le monde) Piediluco fut arraché à sa torpeur par un tohu-bohu invraisemblable régnant dans le couloir. Exaspéré, il hurla :

– Lucera!

L'inspecteur se précipita.

– Chef?

– Pourquoi ce vacarme?

– C'est une mère de famille qui vient de débarquer du bateau de Porto Torrès. On n'arrive pas à la calmer.

– Qu'est-ce qu'elle veut?

– Qu'on lui retrouve son mari.

– Elle l'a perdu au débarcadère?

– Non, il y a trois ans.

– Vous vous foutez de moi?

– Chef, si vous voulez l'entendre?

– Amenez-la, je vais lui apprendre à se tenir comme il faut dans mon commissariat!

A peine l'inspecteur mettait-il la main sur la poignée de la porte que celle-ci, en s'ouvrant, le repoussa brutalement et une jeune femme brune, d'allure paysanne, l'œil étincelant, fonça dans la pièce un bébé sur les bras et remorquant trois gamins accrochés à sa jupe.

– Je veux qu'on me dise où il est!

Piediluco essaya de le prendre de haut.

– Commencez par vous calmer!

– Me calmer! Alors que depuis plus de trois ans, j'attends qu'il revienne me chercher? Vous seriez pas son complice, des fois?

– Continuez sur ce ton et je vous envoie en prison!

– Parce que vous trouvez que j'ai pas eu assez de malheurs?

– Allons, signora, essayez de me raconter ce qu'il vous est arrivé?

Et Assunta raconta : la rencontre du beau Gênois, la défaillance de la jeune fille à qui le suborneur avait promis le mariage, l'arrivée des cousins, le voyage dans la montagne, la grande colère du patriarche, la fuite du mari et la narratrice conclut :

– Quand mon père est mort, j'ai tout vendu et je me suis embarquée pour Gênes avec mon aîné Fernando, les deux jumeaux Renato et Gelsomina et mon dernier, Luigi.

– Je ne sais si je vous ai bien compris, mais votre mari n'est resté que quelques mois auprès de vous.

– Oui.

– Et vous ne l'avez pas revu depuis?

– Jamais!

– Dans ce cas, qui vous a fait tous ces enfants?

– Les cousins.

– Ah?

– Moi, j'étais pas capable de tenir la ferme, seule, et le père, il pouvait presque plus bouger, alors Fausto est venu m'aider.

– Jusque dans votre lit!...

– Eh!... il faisait le travail d'un mari, pas vrai? c'était juste qu'il en ait les avantages, non?

– Et les avantages, ce sont les jumeaux?

– Renato et Gelsomina, oui. Ensuite, Fausto, il a trouvé une bonne place à Cagliani. C'est loin. Son frère, Carlo, a pris la relève.

Le policier montra le bébé.

– Voilà la récompense de Carlo.

La mère eut un sourire extasié.

– C'est le plus beau, mon Luigi. Il y a un mois, mon père est mort. J'avais plus de raison de rester dans la montagne.

– Dites-moi, Signora, si vous retrouvez votre mari, il risque de ne pas vous remercier de ces enfants qui ne sont pas de lui?

— Mais ils sont de moi et je suis sa femme, donc ils sont à lui aussi!

— Je crains que ce ne soit moins simple que vous ne l'imaginiez. Gênes est grand et pour y dénicher un homme...

Apitoyé, l'inspecteur Lucera qui était d'âme tendre, s'enquit :

— Comment s'appelle-t-il, ce fuyard?

— Fernando.

— Fernando comment?

— Nola. Fernando Nola.

Alors, d'un coup, la vie parut s'arrêter. La bouche grande ouverte, l'inspecteur Lucera semblait égaré dans un monde qui le stupéfiait.

Quant à Piediluco, les yeux fermés, il s'efforçait de respirer calmement pour apaiser la course désordonnée de son cœur, tandis qu'intérieurement, il se répétait : ce n'est pas possible... une coïncidence... une erreur... Ouvrant les paupières, il dit à Assunta qui le regardait, intriguée :

— Voulez-vous me donner à nouveau le nom de votre mari?

— Fernando Nola.

— Sauriez-vous me le décrire?

Elle le décrivit de telle façon qu'il ne pouvait plus y avoir de doute. Le commissaire sortit son fameux carnet et le tendit à la jeune femme :

— Voyez si vous le reconnaissez là-dedans?

A peine eut-elle tourné deux ou trois pages que la Sarde s'écria :

— C'est lui!

Et elle montra la photo de Nola. Lucera qui s'était penché sur l'épaule d'Assunta, se redressa, le sourire aux lèvres :

— Cette fois, chef, je crois que ça y est!

— Une ultime vérification, Antonio. — Signora, vous prétendez être l'épouse de Fernando Nola, mais il nous faut des preuves. Où a eu lieu le mariage?

— Dans la ferme de mon père, la ferme des Macomer. C'est le curé d'Olzal, la padre Perdasdelogu qui a béni notre union, en présence du maire Ascanio Marrublu qui avait apporté le registre.

– Vous avez un papier?

– J'ai le certificat de mariage.

Le commissaire tendit un main tremblante pour saisir le papier que sa visiteuse lui offrait. Il le lut de la première à la dernière lettre, sortit une loupe de son tiroir pour vérifier cachets et signatures, puis regardant l'inspecteur, il annonça, dans un râle de plaisir.

– Antonio mio... Tout cela est parfaitement vrai, rigoureusement vrai, authentique. La signora, ici présente, est l'épouse légitime de notre bon, de notre cher ami.

Piediluco ordonna :

– Inspecteur, conduisez la signora à l'hôtel Crutina. Vous direz qu'on m'envoie la note. Signora, je vous prie de revenir à quatre heures dans ce bureau.

– Est-ce que vous croyez, signore, que je retrouverai mon mari?

– Je vous donne ma parole, signora, que demain soir, vous serez dans ses bras.

– Que Dieu vous entende et vous bénisse!

Resté seul, le commissaire entama une sorte de danse sauvage sur l'air de " Funiculi-finicola " qu'il chantonnait. Depuis sa rencontre avec Adelina, Benito ne se rappelait pas avoir été aussi heureux qu'en cet instant. A son retour, Lucera s'inquiéta de voir son chef affalé dans un fauteuil et haletant.

– Ça ne vas pas?

– Si... si... un peu de gymnastique pour me calmer... je n'ai pas l'habitude...

– Vous voulez boire quelque chose?

Le commissaire se redressa.

– Voilà une excellente idée, Antonio! Courez chez " Leoni " et rapportez-moi une bouteille d'Asti spumante et deux coupes. Je crois que nous l'avons bien méritée.

Quelques minutes plus tard, après qu'ils eurent trinqué et retrinqué à la gloire de la Justice et de son humble servante, la police, Piediluco s'enquit :

— A ma place, Antonio, que décideriez-vous?

Avant de répondre, Lucera se passa la langue sur les lèvres, à la manière d'un chat devant une soucoupe de crème.

— Chef, je patienterais jusqu'à la célébration du mariage et, au moment où le couple sortirait de l'église, je m'avancerais, saluerais poliment celle qui a osé vous flanquer à la porte tout en lui disant : " vous auriez sans doute mieux fait de m'écouter, signora " — et je passerais les menottes à Nola.

— Intéressant, Antonio, intéressant et je ne vous cache pas qu'il y a une heure, c'est ce que j'aurais décidé de faire, mais depuis, j'ai réfléchi et je pense que votre solution n'est pas la bonne.

— Ah?

— Si je suis votre conseil, Antonio, que se passe-t-il? La signora Fiuggi est publiquement humiliée et Assunta restera sans son mari longtemps encore et les quatre gosses sans leur père.

— Dont trois ne sont pas de lui!

— Erreur, Antonio! Rappelez-vous : " pater est qui justiae nuptiae demonstrant " Nola et Assunta étant unis légalement, tous les enfants nés après le mariage sont légalement ceux du mari.

— Joli cadeau!

— Je me réjouis à l'avance de la tête qu'il fera en voyant sa progéniture! Vous comprenez pourquoi, Antonio, je ne me sens pas le droit de priver ces petits de leur père?

— Alors, il va s'en tirer sans dommage?

— C'est selon. En prison pour bigamie, il sort dans quelques années, tandis que là où je compte le mettre, ce sera pour la vie. Tout à l'heure, vous irez chercher la signora Nola. Vous vous ferez accompagner d'une femme de nos services pour garder les gosses en l'absence de la mère. Maintenant, Antonio, écoutez-moi bien. Voici mon plan.

⁂

Sur un banc du parc, dans un bosquet non loin de la grille d'entrée, Palma que le soleil rajeunissait en la nimbant d'un halo doré, avait sa main dans celle de Fernando. Oubliant leur âge, à la façon des jeunes amoureux, ils se perdaient avec délices dans des projets d'avenir. Ils parlaient de voyages, d'achats et celle qui était, encore pour quelques jours, la signora Fiuggi, disait :

– Mon seul regret sera de ne pouvoir vous donner d'enfant, Fernandino.

– N'ayez aucun regret, ma chérie, je n'ai jamais eu d'enfant et ne souhaite pas en avoir. De plus, je vais vous confier un secret : je n'ai jamais aimé les gosses.

C'est à ce moment précis qu'une petite voix claire appela :

– Papa!

Un petit garçon, élégamment vêtu (avec l'argent de Piediluco) apparut dans la lumière de l'allée, un bien joli petit enfant, très brun. Nola s'étonna :

– D'où sort-il, celui-là?

Palma s'exclama :

– Dieu! qu'il est mignon! que fais-tu ici, mon angelot?

– Je viens chercher mon papa.

– Et qui c'est, ton papa?

L'enfant pointa son index vers Fernando :

– Lui!

Palma poussa un cri et commença à défaillir. Nola la prit dans ses bras, tout en apostrophant le gamin :

– Tu n'as pas honte de proférer de pareils mensonges?

Palma, ayant triomphé de sa faiblesse, prit le petit par la main :

– Comment t'appelles-tu?

– Fernando Nola.

L'œil sombre, la signora Fiuggi regarda son compagnon :

– Qu'est-ce que vous en pensez?

– Mais c'est un coup monté! Je n'ai jamais eu d'enfant : D'ailleurs, je n'ai jamais été marié!

– Menteur!

Assunta jaillit d'entre les arbres et vint se planter devant Nola.

– Ose prétendre que t'as jamais été marié, monstre, et par le Christ, je te plante ce couteau dans le cœur!

Ce disant, la jeune femme sortit un poignard de son sac et allait se précipiter sur son époux lorsque Piediluco accourut et la ceintura. Palma ne parvenait pas à croire à la réalité de ce qu'elle voyait.

– Qui... qui est cette... cette personne, Fernando?

Depuis qu'il avait entendu les invectives d'Assunta, Nola se rappelait son pénible voyage en Sardaigne et sa terrible aventure montagnarde qu'il avait oubliée en dépit des traces indélébiles qu'il portait aux fesses. Accablé, perdu dans un maëlstrom d'images, ivre de chagrin en face de l'écroulement de ses songes matrimoniaux et... dorés il répondit d'un ton pitoyable :

– Mon épouse, du moins, je le crois.

Le commissaire intervint :

– Vous pouvez en être persuadé, Nola, j'ai le certificat de mariage établi de façon légale.

Les larmes aux yeux, don Fernandino s'adressa à Palma :

– Que puis-je faire?

Elle se leva et, très digne :

– En ce qui me concerne, rien. Je regrette de vous avoir rencontré et j'espère ne plus vous revoir. – puis, se tournant vers le policier – vous aviez raison : c'est bien un escroc.

Et elle s'éloigna. Piediluco tapa sur l'épaule de Fernando.

– Je vous avais promis qu'un jour ou l'autre, je vous aurais. C'est chose faite. Maintenant, vous avez le choix : la prison pendant de longues années pour escroquerie au mariage, abandon de famille, sans compter le suicide de Fulvia Sasseferato qui impressionnera les juges, ou redevenir un mari qui prend soin de sa famille, que je ne lui permettrai plus de quitter.

⁂

A l'hôtel, Fernando faillit avoir une attaque en voyant Renato, Gelsomina et Luigi.

– Mais qui... qui sont-ils?

Le commissaire, jubilant intérieurement, répondit froidement :

– Vos enfants, Nola.

– Mes...? mais ce n'est pas possible!

– Oubliez-vous que vous êtes le mari?

– Je n'accepte pas ces bâtards!

– Alors, la prison...

Assunta s'approcha et expliqua doucement :

– Si tu m'avais pas quittée, Fausto et Carlo seraient pas venus me donner un coup de main.

Amer, Fernando s'exclama :

– Elle appelle ça un coup de main!

Piediluco s'étonna :

– Pendant que vous meniez une existence dissolue, votre femme vous fabriquait trois beaux enfants dont vous serez fier plus tard et vous vous plaignez?

– Sans doute devrais-je la remercier?

– Il me semble! Ah! pour vous montrer que je suis sans rancune, je me suis rendu chez Trivento. On accepte de vous reprendre en qualité de chef-magasinier, pour commencer. Vous débuterez lundi prochain. Content?

– Comment ne le serais-je pas?

La résignation sonna comme un glas dans la réponse de Nola, et enchanta le commissaire qui, ce soir-là rentra chez lui tout guilleret. Il savoura la solitude de son foyer, en pensant à celui – plutôt encombré – de don Fernandino.

ÉPILOGUE

Il y a un peu plus de cinq ans qu'Assunta a retrouvé son mari et que la famille Ossidi a renoué avec celui qui a réintégré le droit chemin. Piediluco vit des jours heureux, en homme qui, ayant réussi sa vie, s'achemine vers la retraite, le cœur en paix. Il sait qu'il n'aura jamais de nouvelles d'Adelina et quand, le samedi soir, il pense à la fugitive avec un peu trop d'amertume, il songe que le dimanche lui apportera la consolation dont il a besoin.

Chaque dimanche, en effet, le commissaire Piediluco s'en va écouter la grand-messe à Santa Maria Immocolata, mais il arrive dix minutes avant le début de l'office car, pour rien au monde, il ne voudrait manquer le réconfortant spectacle qu'offre la famille Nola. En tête, marchent les jumeaux, Renato et Gelsomina, derrière eux viennent Fernando et Luigi, Carla et Fausta, gages de la réconciliation des parents précèdent ces derniers. Assunta, accrochée fièrement au bras de don Fernandino (Chef comptable chez Trivento) se dessèche un peu, avec l'âge. Elle tend à ressembler de plus en plus à son père dont elle semble avoir également hérité le caractère. En passant, toute la famille salue le commissaire, sauf Nola qui lève vers lui le regard du veau qu'on mène à l'abattoir et ce regard emplit Piediluco d'une joie profonde, si profonde qu'il demeure le dernier sous le porche pour se donner le temps de retrouver son calme et, parce que toujours, dans le vent qui vient de la mer, il lui semble entendre rire toutes les femmes bernées par celui qui fut l'irrésistible don Fernandino.

FIN

MARS 1978

Le Club des Masques

ALDING Peter
531 Le gang des incendiaires

BAHR E.J.
493 L'étau

BARNARD Robert
535 Du sang bleu sur les mains
557 Fils à maman *(juil. 85)*

CARR John Dickson
423 Le fantôme frappe trois coups

CHEYNEY Peter
6 Rendez-vous avec Callaghan
23 Elles ne disent jamais quand
31 Et rendez la monnaie
41 Navrée de vous avoir dérangé
57 Les courbes du destin
74 L'impossible héritage

CHRISTIE Agatha
(85 titres parus, voir catalogue général)

CURTISS Ursula
525 Que désires-tu Célia ?

DIDELOT Francis
524 La loi du talion

ENDRÈBE Maurice Bernard
512 La vieille dame sans merci
543 Gondoles pour le cimetière

EXBRAYAT
(96 titres parus, voir catalogue général)

FERM Betty
540 Le coupe-papier de Tolède

FERRIÈRE Jean-Pierre
515 Cadavres en vacances
536 Cadavres en goguette

FISH et ROTHBLATT
518 Une mort providentielle

FOLEY Rae
517 Un coureur de dot
527 Requiem pour un amour perdu

GILBERT Anthony
505 Le meurtre d'Edward Ross

HINXMAN Margaret
542 Le cadavre de 19 h 32 entre en gare

IRISH William
405 Divorce à l'américaine
430 New York blues

KRUGER Paul
513 Brelan de femmes

LACOMBE Denis
456 La morte du Causse noir
481 Un cadavre sous la cendre

LANG Maria
509 Nous étions treize en classe

LEBRUN Michel
534 La tête du client

LONG Manning
519 Noël à l'arsenic
528 Pas d'émotions pour Madame

LOVELL Marc
497 Le fantôme vous dit bonjour

MARTENSON Jan
495 Le Prix Nobel et la mort

MONAGHAN Hélène de
452 Suite en noir
502 Noirs parfums

MORTON Anthony
545 Le baron les croque
546 Le baron et le receleur
547 Le baron est bon prince
548 Noces pour le baron
549 Le baron se dévoue *(avril 85)*
550 Le baron et le poignard *(avril 85)*
552 Le baron et le clochard *(mai 85)*
553 Une corde pour le baron *(mai 85)*
554 Le baron cambriole *(juin 85)*
556 Le baron bouquine *(juil. 85)*

PICARD Gilbert
477 Le gang du crépuscule
490 L'assassin de l'été

RATHBONE Julian
511 A couteaux tirés

RENDELL Ruth
451 Qui a tué Charlie Hatton?
501 L'analphabète
510 La danse de Salomé
516 Meurtre indexé
523 La police conduit le deuil
544 La maison de la mort
551 Le petit été de la St. Luke *(juin 85)*

RODEN H.W.
526 On ne tue jamais assez

SALVA Pierre
475 Le diable dans la sacristie
484 Tous les chiens de l'enfer
503 Le trou du diable

SAYERS Dorothy L.
400 Les pièces du dossier

SIMPSON Dorothy
537 Le chat de la voisine

STOUT Rex
150 L'homme aux orchidées

STUBBS Jean
507 Chère Laura

SYMONS Julian
458 Dans la peau du rôle

THOMSON June
521 La Mariette est de sortie
540 Champignons vénéneux

UNDERWOOD Michaël
462 L'avocat sans perruque
485 Messieurs les jurés
531 La main de ma femme
539 La déesse de la mort

WAINWRIGHT John
522 Idées noires

WATSON Colin
467 Cœur solitaire

WILLIAMS David
541 Trésor en péril

WINSOR Roy
491 Trois mobiles pour un crime

Les Maîtres du Roman Policier

Première des collections policières en France, Le Masque se devait de rééditer les écrivains qu'il a lancés et qui ont fait sa gloire.

ARMSTRONG Charlotte
1740 L'étrange cas des trois sœurs infirmes
1767 L'insoupçonnable Grandison

BEEDING Francis
238 Le numéro gagnant

BERKELEY Anthony
1793 Le club des détectives *(juin 85)*

BIGGERS Earl Derr
1730 Le perroquet chinois

BOILEAU Pierre
252 Le repos de Bacchus *(Prix du Roman d'Aventures 1938)*
1774 Six crimes sans assassin

BOILEAU-NARCEJAC
1748 L'ombre et la proie

BRUCE Leo
1788 Sang froid *(mai 85)*

CARR John Dickson
1735 Suicide à l'écossaise
1785 Le sphinx endormi *(avril 85)*
1794 Le juge Ireton est accusé *(juin 85)*

DARTOIS Yves
232 L'horoscope du mort

DIDELOT Francis
1784 Le coq en pâte *(avril 85)*

DOYLE Sir Arthur Conan
124 Une étude en rouge *(juil. 85)*
1738 Le chien des Baskerville

ENDRÈBE Maurice Bernard
1758 La pire des choses

FAIR A.A.
1745 Bousculez pas le magot
1751 Quitte ou double
1770 Des yeux de chouette

GARDNER Erle Stanley
1797 La femme au masque *(juil. 85)*

HEYER Georgette
297 Pourquoi tuer un maître d'hôtel ?
484 Noël tragique à Lexham Manor

HUXLEY Elspeth
1764 Safari sans retour

KASTNER Erich
277 La miniature volée

KING Rufus
375 La femme qui a tué

LEBRUN Michel
1759 Plus mort que vif

LOVESEY Peter
1201 Le vingt-sixième round *(juin 85)*

MAGNAN Pierre
1778 Le sang des Atrides

MILLER Wade
1766 La foire aux crimes

NARCEJAC Thomas
355 La mort est du voyage *(Prix du Roman d'Aventures 1948)*
1775 Le goût des larmes

PALMER Stuart
117 Un meurtre dans l'aquarium
1783 Hollywood-sur-meurtre *(avril 85)*

PRONZINI Bill
1737 L'arnaque est mon métier

QUENTIN Patrick
166 Meurtre à l'université

ROSS Jonathan
1756 Une petite morte bien rangée

RUTLEDGE Nancy
1753 Emily le saura

SAYERS Dorothy L.
174 Lord Peter et l'autre

191 Lord Peter et le Bellona Club
1754 Arrêt du cœur

SÉCHAN O. et MASLOWSKI I.
395 Vous qui n'avez jamais été tués
(Prix du Roman d'Aventures 1951)
(juil. 85)

SHERRY Edna
1779 Ils ne m'auront pas

SLESAR Henry
1776 Mort pour rire

STAGGE Jonathan
1736 Chansonnette funèbre
1771 Morphine à discrétion
1789 Du sang sur les étoiles *(mai 85)*

STEEMAN Stanislas-André
84 Six hommes morts
(Prix du Roman d'Aventures 1931)
95 La nuit du 12 au 13
101 Le mannequin assassiné
284 L'assassin habite au 21
305 L'ennemi sans visage *(mai 85)*
388 Crimes à vendre
1772 Quai des Orfèvres

TEY Josephine
1743 Elle n'en pense pas un mot

THOMAS Louis C.
1780 Poison d'avril

VERY Pierre
60 Le testament de Basil Crookes
(Prix du Roman d'Aventures 1930)

LE MASQUE

BABSON Marian
1712 Chapeau, miss Orpington !

BACHELLERIE
1795 Pas de quoi noyer un chat
(Prix du Festival de Cognac 1985)
1796 Il court, il court, le cadavre *(juil. 85)*

BARNARD Robert
1714 Ah ! quelle famille

BENNETT Dorothea
1765 Deux et deux font trois

BENZIMRA André
1717 Pour te revoir, Jonathan

BRETT Simon
1787 Le théâtre du crime *(mai 85)*

BRUCE Leo
1658 Le tueur d'Albert Park

BURLEY W.J.
1762 On vous mène en bateau

CHRISTIE Agatha
(85 titres parus voir catalogue général)

CLARKE T.E.B.
1724 Meurtre au Palais de Buckingham

DEVINE Dominique
1725 Week-end tragique

ELLIN Stanley
1670 Le compagnon du fou
1682 La puce de Beidenbauer
1702 La douzième statue
1729 La dernière bouteille

EXBRAYAT
(96 titres parus, voir catalogue général)

FERRARS Elisabeth
1704 Les cendres du passé

FERRIERE Jean-Pierre
1732 Un climat mortel

FORESTER C.S.
1706 A deux pas du gibet

GRAYSON Richard
1726 Meurtre sur la butte

GRIMES Martha
1703 Un si paisible village

GUIBERT Michel
1610 Le vieux monsieur aux chiens
(Prix du Roman d'Aventures 1980)
1705 Et si on tuait Bérénice ?
1716 Le pot-au-feu de Mme da Ponte

HUMES Larry H.
1708 Saut périlleux

JOBSON Hamilton
1763 Pas un mot aux journaux !

LOVELL Marc
1693 Enquête au royaume des morts

McCLOY Helen
1697 Permission de tuer

MONAGHAN Hélène de
1379 La mauvaise part
(Prix du Roman d'Aventures 1975)
1683 Demain six heures

POURUNJOUR Caroline
1746 Des voisins très inquiétants
(Prix du Festival de Cognac 1984)

POWERS Elisabeth
1731 Tout ce qui brille

PRONZINI Bill
1737 L'arnaque est mon métier

RENDELL Ruth
1589 Étrange créature
1601 Le petit été de la Saint Luke
1616 Reviens-moi
1629 La banque ferme à midi
1640 Un amour importun
1649 Le lac des ténèbres

1661 L'inspecteur Wexford
1718 La fille qui venait de loin
1747 La fièvre dans le sang
1773 Qui ne tuerait le mandarin?

ROUECHÉ Berton
1727 Le crime ne fait pas le bonheur

SALVA Pierre
1570 Des clients pour l'enfer
(Prix du Roman d'Aventures 1979)
1707 Le diable et son train... électrique
1739 Quand le diable ricane

SIMPSON Dorothy
1710 Le secret de Julie

SMITH J.C.
1715 La clinique du Dr Ward

STEIN Aaron Marc
1760 Barbara sur les bras

TANUGI Gilbert
1699 Meurtres en eaux profondes
1709 Le jeune homme assassiné

TERREL Alexandre
1733 Rendez-vous sur ma tombe
1749 Le témoin est à la noce
(Prix du Roman d'Aventures 1984)
1757 La morte à la fenêtre
1777 L'homme qui ne voulait pas tuer
1792 Le croque-mort de ma vie *(juin 85)*

THOMSON June
1594 Le crime de Hollowfield
1605 Pas l'un de nous
1720 Claire... et ses ombres
(Prix du Roman d'Aventures 1983)
1721 Finch bat la campagne
1742 Péché mortel
1769 L'inconnue sans visage
1781 L'ombre du traitre *(avril 85)*

TRIPP Miles
1679 L'attentat du fort Saint-Nicolas
1700 Vol en solo

WAINWRIGHT John
1689 L'homme de loi
1711 Le prochain sur la liste

WATSON Colin
1701 Tempête sur Flaxborough

WYLLIE John
1722 La tête du client
1752 Pour tout l'or du Mali

Composition réalisée en ordinateur par IOTA

IMPRIMÉ EN FRANCE PAR BRODARD ET TAUPIN
58, rue Jean Bleuzen - Vanves - Usine de La Flèche.
ISBN : 2 - 7024 - 1292 - 0

H 31/0563/2